Réquiem por un campesino español

Contemporánea
Narrativa

RAMÓN J. SENDER

RÉQUIEM POR UN CAMPESINO ESPAÑOL

Introducción de
Antonio A. Gómez Yebra

AUSTRAL

DESTINO

Esta edición dispone de recursos pedagógicos en www.planetalector.com

© Herederos de Ramón J. Sender, 1982
© Ediciones Destino, S. A., 1964, 2010
   Avinguda Diagonal, 662, 6.ª planta. 08034 Barcelona (España)
   www.edestino.es
   www.planetadelibros.com

Diseño de la colección: Compañía
Ilustración de la cubierta: © Aga_Rafi / Shutterstock
Primera edición en esta presentación en Austral: abril de 2010
   Segunda impresión: diciembre de 2010
   Tercera impresión: marzo de 2011
   Cuarta impresión: junio de 2011
   Quinta impresión: marzo de 2012
   Sexta impresión: junio de 2012
   Séptima impresión: mayo de 2013
   Octava impresión: mayo de 2014

Depósito legal: B. 25.091-2011
ISBN: 978-84-233-4239-6
Impreso y encuadernado por: Black Print CPI (Barcelona)
Printed in Spain - Impreso en España

Biografía

Ramón J. Sender (Chalamera de Cinca, 1901 - San Diego, EE. UU., 1982) es uno de los más importantes narradores contemporáneos en lengua castellana. En 1935 le fue otorgado el Premio Nacional de Literatura por *Mr. Witt en el Cantón*. Al finalizar la guerra civil española se exilió y desde 1948 residió en Estados Unidos, donde ejerció como profesor de literatura en diversas universidades. Entre sus obras hay que mencionar especialmente: *El lugar de un hombre* (1939), *Epitalamio del Prieto Trinidad* (1942), *La esfera* (1947), *El rey y la reina* (1949), *Carolus Rex* (1963), *Las criaturas saturnianas* (1967) y *Nocturno de los catorce* (1971). Su obra más extensa y quizá la más conocida es la serie *Crónica del alba* (1942-1966).

ÍNDICE

INTRODUCCIÓN

EL MARCO HISTÓRICO

El momento histórico en que se sitúa cronológicamente la novela coincide con el reinado de Alfonso XIII, la Segunda República, y la guerra civil española. Treinta y tantos años que empezaron tras la fracasada alternancia de los partidos liberal y conservador en el gobierno, a la muerte de Cánovas y Sagasta, sus líderes más prestigiosos; que continuaron con la obligada imposición de la dictadura del general Miguel Primo de Rivera, avalada por el rey; que condujeron a la segunda República; y culminaron con el alzamiento del general Franco y la subsiguiente guerra civil.

Es, desde luego, un período convulso, que ocupa dos generaciones de españoles, durante el cual se suceden las crisis y las desavenencias políticas.

Alfonso XIII, desde el 17 de mayo de 1902, momento de su jura de la Constitución, había decidido participar muy activa y decididamente en el gobierno, al percatarse de las dificultades que ofrecía la situación política del momento con la debilidad de los partidos liberal y conservador y la aparición de los grupos socialistas.

El desencanto de los nuevos líderes políticos conllevaba la pérdida de la eficacia, y su señalamiento como cabezas de turco. Se estaba observando la necesidad de un cambio de orientación, un cambio que, si no se producía desde arriba, se produciría desde abajo.

Y desde abajo surgía con fuerza el Partido Socialista, que encontró en Pablo Iglesias un líder natural. La UGT, que llegó a contar en la primera década del siglo XX con 40.000 socios, tuvo un poder de convocatoria suficiente para promover la huelga revolucionaria de 1909. Durante esta huelga, en la que intervinieron muchos de los desheredados, pero también radicales y anarquistas, se destruyeron monumentos, obras de arte, puentes, vías férreas y edificios nobles.

«El inmovilismo en el régimen de propiedad campesina, la falta de conciencia social en unas clases sociales que se resisten a dar cabida al movimiento obrero en los cuadros políticos y sociales de la nación, el fuerte lastre que supone el escaso nivel económico y cultural de sus fuerzas de base (66,55 por 100 de analfabetos en la España de 1900), he aquí tres sólidos factores de 'resistencia' en conflicto creciente con las consecuencias inmediatas de la profunda transformación experimentada en tanto en la sociedad española. Transformación consistente en un acercamiento del campo a la ciudad como consecuencia de la revolución llevada a cabo por el ferrocarril, por el autobús, por la bicicleta, por la radio; en el desarrollo de un movimiento obrero poderoso, como consecuencia de la intensificación en el proceso de industrialización, el desamparo religioso y espiritual de unas masas de desarraigados... este desfase..., en el seno de la sociedad española, determina una crisis social, considerablemente agravada por la crisis política (crisis del Estado de la Restauración)» [1].

A todo ello hay que unir un sentimiento regionalista muy acusado, que invitaba al separatismo de catalanes, vascos y, en menor medida, gallegos. Para atajar este sentimiento, que es consecuencia, desde luego, de últimos posicionamientos románticos, pero también de viejas reivindicaciones políticas, geográficas y económicas, tras la renuncia de don Antonio Maura [2] se promueve un gobierno fuerte, al mando del cual el rey sitúa a don José de Canalejas, jefe del partido liberal del momento.

El asesinato de Canalejas a manos de Manuel Pardiñas [3] el 12 de noviembre de 1912 supone otro punto de inflexión cuando la cuestión política parecía en vías de solución. Su sucesor, el conde de Romanones, tuvo que dimitir en octubre de 1913, haciéndose con el poder don Eduardo Dato, un hombre hábil que tuvo que lidiar con los graves problemas de Cataluña y de África.

Durante su gobierno estalló la primera guerra mundial, en la cual España se mantuvo neutral, pero esta neutralidad era aparente. Y no hacía sino poner en punto muerto y acrecentar la sensación de las dos Españas, dos Españas que se alinearon a favor o en contra de los aliados. Éstos

---

[1]   J. M.ª Jover, «España contemporánea», en Ubieto, Reglá, Jover, Seco, *Introducción a la Historia de España*. Tomado de M. de Lozoya, *Historia de España, 6*, Barcelona, Salvat, 1973, pág. 372.

[2]   Al final de la huelga Maura había condenado a pena de muerte al anarquista Francisco Ferrer Guardia, cuya «Escuela Social» había actuado como motor de la misma.

[3]   Acaso el lugar donde se esconde Paco el del Molino, las «Pardinas» no sea casual. Es posible que tenga relación con el apellido del magnicida. No debe olvidarse que Ramón J. Sender estuvo en contacto directo con los anarquistas y que perteneció al grupo «Espartaco».

encontraron apoyo entre los intelectuales —caso de Unamuno— que no dudaron en manifestarse en la prensa del momento.

El rey, sin embargo, se mantuvo firme en su neutralidad, ayudando a quienes lo necesitaban, tanto a los de un bando como a los de otro, lo que, a la postre, le proporcionaría una enorme popularidad en toda Europa.

Al término de la contienda los problemas internos del país salen de nuevo a la luz y se suceden los motines y las algaradas en diversas ciudades. El ejército tuvo que reprimirlos, y Alfonso XIII propuso un gobierno de consenso, un gobierno de solidaridad nacional, o «gobierno de la esperanza», que también fracasó.

También se veía como un fracaso absoluto, que ya se había enquistado, el problema de los territorios españoles en el norte de África, cuya soberanía estaba siendo fuertemente cuestionada desde mitad del siglo XIX. Era, la de Marruecos, una guerra continuada, de sucesivos altibajos, que, en los primeros años veinte iniciaría el declive definitivo, con la triste derrota (el desastre de Annual) de las tropas españolas, en 1921, ante las huestes de Abd-el-Krim.

El descontento de las familias de los militares que participaron en la guerra, donde murieron más de 12.000 soldados y otros muchos quedaron en prisión demasiado tiempo, se sumaba al de las que vivían sobresaltadas por los continuados asaltos, atracos, asesinatos [4], que dificultaban el desarrollo de la vida diaria.

---

[4]   El 4 de junio de 1923 se asesinó al cardenal-arzobispo de Zaragoza, monseñor Soldevila; en Valencia se hizo lo propio con el conde de Salvatierra; y en Barcelona, al presidente del sindicato de funcionarios de la Banca.

Para intentar devolver la calma y el orden al país, el rey nombra a don Miguel Primo de Rivera como presidente del directorio el día 15 de septiembre de 1923. Comenzaba, durante el período de servicio militar de Ramón J. Sender en Melilla, la «dictadura» que iba a durar hasta septiembre de 1925. Ese período de gobierno, iniciado con la aprobación del pueblo, cansado de tantos desmanes, y de algunos de los políticos más destacados del momento, pronto se encontraría con el repudio de unos y otros, a los cuales se añadieron los intelectuales, que sintieron en carne propia el destierro de Unamuno a la isla de Fuerteventura en 1924 [5].

Entre 1924 y 1926, sin embargo, tras un acuerdo con Francia, y derrotado Abd-el-Krim, se reconquistaban los territorios perdidos en Marruecos, con lo que quedaba resuelto el problema en la zona, contribuyendo al auge de la popularidad momentánea de Primo de Rivera.

Otros logros, de tipo social y educativo, facilitaron las cosas, pero su trato a los intelectuales, el disgusto de los estudiantes y las clases acomodadas, y, en especial, sus desencuentros con los militares, iniciaron su rápido declive. El 28 de enero de 1930 se vio en la obligación de dimitir, yéndose a París, donde moriría poco después.

La crisis de la monarquía se acentuó, y el movimiento republicano se extendió por todo el país. Se tuvo que cerrar la universidad, y se suceden las huelgas en las fábricas. Hubo una sublevación en Jaca —no tan lejos de la

---

[5]   Fue destituido de sus cargos de vicerrector y decano de Filosofía de la Universidad de Salamanca y desterrado el 20 de febrero de 1924. El catedrático de griego había reprobado en público la actitud despótica del dictador. Con la ayuda de su hijo y de M. Dumehy, director del diario parisino *Le Quotidien*, Unamuno consiguió huir a Francia.

«pequeña aldea» donde se realiza la acción de RÉQUIEM POR UN CAMPESINO ESPAÑOL—, y una vez solucionada, Alfonso XIII no encontraba gente preparada para formar gobierno. Las elecciones del 12 de abril de 1931 dieron el triunfo a los antimonárquicos. El rey, para evitar la guerra civil, abandonó el país tres días más tarde.

Se instaura la República y renace el espíritu destructor de iglesias, conventos, cuadros e imágenes religiosas a manos de la plebe y con la pasividad de los elementos del orden público.

Las elecciones generales del 28 de junio dieron el triunfo a republicanos y socialistas, que iniciaron una nueva Constitución donde se hizo hincapié en la cuestión religiosa. En ella se definía que el presidente de la República no podía ser militar, eclesiástico, ni pertenecer a la casa real precedente. El presidente es Niceto Alcalá Zamora.

Pronto se suceden los desencantos; entre otros, el de los vascos, que querían un estatuto similar al catalán; pero también el de muchos católicos, que no entendían que España se declarara oficialmente «no católica».

En 1933 el movimiento revolucionario anarquista fue ejemplar y duramente reprimido en lugares como Casas Viejas, pequeña población gaditana a la cual se trasladaría Sender para conocer de primera mano las tropelías allí cometidas por las fuerzas públicas.

La derecha inicia su reorganización, con José María Gil Robles y José Antonio Primo de Rivera en posicionamientos diferentes. En las elecciones de ese año la CEDA (Confederación Española de Derechas Autónomas) obtiene la mayoría parlamentaria. En 1934 estalla la revolución en Asturias, y se proclama la independencia de Cataluña, surgiendo otros movimientos revolucionarios en diversos puntos de España.

Ni don Manuel Azaña ni Lerroux consiguen imponer el orden en un país necesitado de calma y de mucha «mano izquierda». Las crisis de gobierno se sucedieron. No encontraban la manera de contentar a todos.

Difícilmente se saca adelante, a finales de 1934, la ley de prórroga de ocupación de las fincas por los «yunteros», campesinos extremeños a los que, en los inicios de la República se les habían entregado campos sin explotar que tenían propietarios. El reflejo de aquella situación estará también en RÉQUIEM POR UN CAMPESINO ESPAÑOL.

Lerroux dimite, y se procede a nuevas elecciones. «En gran número de provincias las masas del Frente Popular, dueñas por completo de la calle, con la complicidad o el consentimiento de las autoridades, impidieron votar a muchos elementos de derecha[6]», o simplemente falsificaron las actas. También estos hechos quedan reflejados en la obra.

El nuevo gobierno estaba presidido por Azaña. El desencanto era cada día mayor. Se reprodujeron los incendios de iglesias, conventos, fábricas y explotaciones agrícolas; los asesinatos estaban a la orden del día. Y la división, entre los principales dirigentes del ejército, era un hecho.

Tras el triunfo de las izquierdas en 1936 el ambiente de violencia verbal y físico era manifiesto. El 12 de julio elementos falangistas dan muerte al teniente José Castillo. El 13 de julio asesinan a Calvo Sotelo. El 18 de julio Fran-

---

[6] M. de Lozoya, cit., pág. 413

cisco Franco, capitán general entonces de las Canarias, inicia el Alzamiento Nacional y con él la guerra civil.

«El anarquismo ibérico despertó furioso, y cada español que tenía un rencor que vengar, una envidia por liquidar, vio llegada su hora [...], todo envuelto, confuso y violento, con odio y sangre en la revolución nueva, que se quería implantar en España... La casa se convirtió en un sitio peligroso, pues era visitado por bandas de forajidos [...] Comenzaron las detenciones y los crímenes y los llamados 'paseos', que sembraron los caminos de España de cadáveres[7], a los que sus verdugos ni siquiera se tomaban la molestia de enterrar[8]».

RAMÓN J. SENDER Y EL AMBIENTE
LITERARIO (1901-1937)

El período histórico en el que se desarrollan los acontecimientos de la novela casi coincide con los primeros treinta y seis años de Sender, y se corresponde con varias etapas de la Historia de la Literatura (y del Arte) de nuestro país. En los primeros años del siglo XX convivían los rezagados del romanticismo, algunos costumbristas, y los novelistas de la Generación del 68 (Valera, Emilia Pardo Bazán, Benito Pérez Galdós, Blasco Ibáñez), que

---

[7]   Las víctimas preferidas de los incontrolados de la izquierda fueron en principio sacerdotes y frailes. Cayeron asesinados once obispos, y el número de sacerdotes muertos se calcula en cinco mil. Las primeras víctimas de los incontrolados del bando nacionalista fueron los intelectuales que se habían posicionado a favor de la República. La cifra total de víctimas es, deplorablemente, incontable.
[8]   Palabras de Cayetano Alcázar, en M. de Lozoya, cit., pág. 427.

conservan adeptos aunque su producción no alcanza el nivel de sus mejores días.

Con todo, el estreno de *Electra* de Galdós, el 30 de enero de 1901 [9] se convirtió en un verdadero acontecimiento, pues en el fondo suponía una reivindicación de los liberales frente al clericalismo. Y la generación emergente, la del 98, lo tuvo en ese momento como líder indiscutible, hasta el punto de crear una revista con idéntica cabecera, *Electra,* ácrata y anticlerical [10].

Esta generación, la del 98, se distinguió por llevar a cabo diversos actos de protesta contra la situación político-social, como había sido, no mucho antes, el apoyo prestado a Pedro Corominas y otros anarquistas arrestados a consecuencia de la explosión de una bomba en Barcelona el 7 de junio de 1896 [11], o como será la protesta lanzada en la revista *Juventud* el 10 de noviembre de 1901 contra una cacicada del gobernador de Málaga [12]. Los noventayochistas desean y luchan por una España mejor y un porvenir más digno para los españoles. Creen que su deseo regeneracionista puede concretarse con una mejor educación y con un mayor desarrollo de la Cien-

---

[9] Ramón J. Sender nacerá el 3 de febrero de ese año, apenas cuatro días más tarde, pues, del estreno.

[10] Maeztu llegó a alentar a la juventud de entonces con estas palabras: «Yo os conjuro a todos, jóvenes de Madrid, de Barcelona, de América, de Europa, para que os agrupéis en derredor del hombre que todo lo tenía y todo lo ha arriesgado por una idea, que es vuestra idea, la de los hombres merecedores de la vida. ¿Lo habéis visto?... El hombre de la ciencia, del cálculo y de la exactitud, la inteligencia fría e impasible, tiene un ensueño superior: *Electra,* y ese hombre es Galdós, y *Electra* somos nosotros los hombres y la tierra».

[11] J. L. Bernal Muñoz, *¿Invento o realidad? La generación española de 1898*, Valencia, Pre-Textos, 1996, pág. 127.

[12] Ibíd., pág. 129.

cia, la Justicia y el Derecho. Por ello procuran propagar estas ideas con el fin de producir un movimiento de opinión que pueda influir en los gobiernos y despierte las iniciativas particulares [13].

En *El tablado del Arlequín* Baroja señalaba: «Yo empiezo a considerar posible la redención de España; casi, casi creo que estamos en el momento en que esta redención va a comenzar [...]. Los que esperamos y deseamos la redención de España, no la queremos ver como un país próspero sin unión con el pasado; la queremos ver próspera, pero siendo substancialmente la España de siempre» [14].

Desde luego, estaban influenciados por el pensamiento de Joaquín Costa, hasta el punto de llegar a afirmar Maeztu: «Si en 1898 fue Costa el corazón de España fue sencillamente porque no había entonces otra conciencia más llena de posibilidades relativas al problema de España que la suya» [15].

En suma, Costa quería «acabar con todas las iniquidades de un sistema de caciques y oligarcas que tiene secuestrada la voluntad del pueblo [16]», un sistema que se refleja en RÉQUIEM POR UN CAMPESINO ESPAÑOL en el invisible duque, su representante, don Valeriano, don Gumersindo y don Cástulo.

Pero Joaquín Costa era partidario de la reforma desde arriba, lo que equivalía a la dictadura. Tal vez por eso los noventayochistas se inclinaron muy pronto por otra ma-

---

[13]   Ibíd., pág. 133.
[14]   Tomado de J. L. Bernal cit., pág. 135.
[15]   Pérez de la Dehesa, R., *El pensamiento de Costa y su influencia en el 98,* Madrid, 1966, págs. 167-202. tomado de J. L. Bernal, cit., pág. 146.
[16]   Ibíd., pág. 146.

nera de afrontar el problema español: la revolución desde
dentro, una remoción de espíritus, tal como alentaba don
Francisco Giner de los Ríos desde la Institución Libre de
Enseñanza.

A su muerte, los noventayochistas y muchos otros intelectuales admitieron y alabaron su talante, su talento y
sus enseñanzas, que iban al fondo de cada corazón, pero
que de esa manera se hacían notar en toda la sociedad.

El benéfico influjo de don Francisco Giner de los Ríos
y de la Institución Libre de Enseñanza se advirtió, desde
luego, en la obra de sus contemporáneos. El mismo Juan
Ramón Jiménez, que había estado en contacto directo
con la Institución Libre de Enseñanza desde 1903, lo refleja en *Platero y yo,* proponiendo la educación del asni-
llo en un ambiente natural y siguiendo una filosofía de la
vida que tiene sus raíces en la religión [17], en el cristianismo, que era para los krausistas la religión por exce-
lencia, al exaltar el valor y la dignidad del hombre.

Una dignidad, por cierto, de la que carece el maestro
Lipiani, quien intenta contrarrestar su pobre paga co-
miéndose sin escrúpulo alguno la mitad de la merienda
de cada uno de sus discípulos [18]. En el sufrido Lipiani
está delatando Juan Ramón la triste situación económica
de los docentes, para los cuales se pedían subidas sala-
riales imprescindibles a fin de que cumplieran su función sin necesidad de acudir a los regalos en especie, o a
la trampa.

---

[17]   El ideal de D. Francisco Giner de los Ríos era «hacer de la vida religión, y religión de la vida».

[18]   J. Ramón Jiménez, *Platero y yo,* Madrid, Castalia Didáctica, 1992,
pág. 208.

Trampa hubo, según los miembros de la generación del 98, en la concesión del Premio Nobel a José de Echegaray en 1904 [19], motivo por el que fue contestado con cierto ruido por buena parte de ellos. Cierto que el dramaturgo había sido un apreciable ministro de Hacienda, pero el premio —literario— le llegaba cuando no estaba en primera fila de las letras, y sus posicionamientos estéticos parecían superados.

Dominaba ya el Modernismo, y Ramón J. Sender estaba en Madrid, sin un céntimo, atiborrándose de lecturas de ese talante, e iniciándose como escritor:

> Por entonces leía versos modernistas que me dejaban aturdido con sus efectos de sinestesia y aliteraciones y vaguedades órficas; pero dos días después me quedé lleno de versos y sin domicilio (no podía pagar mi cuarto). Además, me sentía amenazado por fieras hambres [20].

Sender sobrevivía con los honorarios de sus variadas colaboraciones en todo tipo de periódicos, primero de Madrid y, tras el forzado regreso a la casa paterna, de Aragón: artículos, cuentos, poemas, críticas de teatro, reportajes, columnas de opinión... que empezaron a procurarle cierto nombre.

A su regreso del servicio militar en Melilla, vuelve con temas suficientes para escribir una novela [21], y con los ojos más abiertos que nunca: ha conocido otras gen-

---

[19]   Se lo entregaría Alfonso XIII en 1905.
[20]   R. J. Sender, *Crónica del alba*, tomo II, pág. 214.
[21]   La novela será *Imán*.

tes, otro mundo, otras situaciones vitales. Y obtiene en 1923 el premio de novela corta que había convocado *Lecturas* con *Una hoguera en la noche*.

Ya estaban de moda las tertulias literarias, celebradas, algunas, en casas particulares, y, la mayoría, en cafés madrileños. El rey de las tertulias no era otro que Ramón María del Valle-Inclán, quien dirigió, con diversas compañías, varias de ellas [22].

Pero a las de Valle-Inclán [23] no asistiría Ramón J. Sender hasta el año 1926, cuando acababa de leer las comedias bárbaras y los primeros esperpentos. Valle sería considerado como uno de los más peligrosos enemigos del régimen dictatorial, por su talento excepcional, por su agresividad cruel y por la agudeza y violencia de sus ataques. Primo de Rivera llegó a calificarlo como «extravagante ciudadano» [24].

Tampoco asistiría a las de uno de los grandes *ramones* de la época, Gómez de la Serna, situada en la calle Carretas:

> Gómez de la Serna tenía una tertulia en el café Pombo, pero yo no iba porque era un local bajo de techos, sin aireación, lleno de gente apretujada y maloliente. Gozaba tanto Gómez de la Serna al parecer con su propio desparpajo que acababa por hacerse pesado, aunque en el fondo no lo fuera [25].

---

[22]   Una en el café Fornos, otra en el café Lion d'Or, más tarde en el café de Levante, en la cervecería Inglesa y en el café de la Montaña.

[23]   La de la Granja El Henar, donde acudía también León Felipe entre otros.

[24]   Y llegó a encarcelarlo dos veces.

[25]   *Crónica del alba,* II, pág. 209.

Mientras, Sender trabajaba en el diario *El Sol,* y empezaban a manifestar su genio los poetas de la que iba a ser la generación más conocida del siglo XX, y la que colaboraría con mayor número de aportes a considerar el primer tercio del siglo como la Edad de Plata de nuestras letras.

En 1925, Gerardo Diego y Rafael Alberti consiguen el Premio Nacional de Literatura por *Versos humanos* y *Mar y tierra*[26] respectivamente, y empiezan a advertirse señales de un cambio estético. El Modernismo, que había imperado hasta ese momento en los versos de Rubén Darío, Salvador Rueda, Villaespesa, Juan Ramón, y Valle-Inclán, va a dar paso a una poesía nueva, heredera de los presupuestos teóricos del Juan Ramón que desde 1916 busca la poesía pura.

En 1926 Ramón J. Sender es reportero de *El Sol* y se encuentra por motivos profesionales en la algarada del personal de la Academia de Artillería, motivo por el cual fue encarcelado. Desde entonces puede considerarse «fichado» por la policía[27].

Los jóvenes poetas de la Generación del 27 preparan el homenaje a Góngora, que es también un manifiesto de su propia poética, y se reúnen —diciembre de 1927— en Sevilla, un momento que se ha convertido ya en hito de la literatura española. Tras el homenaje se consolidará la

---

[26]   Luego titulado *Marinero en tierra.*

[27]   En cierta ocasión, inaugurando un centro sanitario, el rey, al ver a Sender en un pasillo volvió sobre sus pasos. «Luego supe que el Rey tenía algunas docenas de fotos de terroristas peligrosos de distintos países y, según me dijeron más tarde, había uno, italiano, al que yo me parecía». J. Vived Mairal, *Ramón J. Sender. Biografía,* Madrid, Páginas de Espuma, 2002, pág. 154.

ruptura con el maestro de Moguer, y asumirán otros magisterios e influencias, como los de Antonio Machado y Unamuno. Aunque no debemos olvidar que había sido Gómez de la Serna quien, en sus greguerías, introdujo en nuestro país las nuevas fórmulas metafóricas, si bien no las supo incorporar a sus escasos y deficientes versos, algo que sí conseguirían los miembros de la Generación del 27.

El compromiso político de los poetas no alcanzó el grado —con excepciones [28]— de Ramón J. Sender, que, tras haber solicitado la ayuda de Ortega y Gasset, quien ejerció de guía de muchos intelectuales de entonces, contactó con la Confederación Nacional del Trabajo (CNT). Alguno de sus miembros le advirtió que estaban siendo vigilados continuamente. Sender contestó: «No te preocupes; nací comprometido».

No se sentía afín al grupo de poetas más famosos del siglo XX, y terminó desapegándose también de sus compañeros de *El Sol,* dirigiendo sus colaboraciones a *Solidaridad Obrera* y a *La Libertad,* mucho más izquierdistas. El escritor aragonés llegaría a comentar: «todo español nuevo abominará ya definitivamente de la política del 27 y del 31. [...] Esta generación huye de la vieja vida española» [29].

Con el triunfo de la República, el compromiso político-social de Sender se acentuó, publicando (1931-1933), entre otras, *O. P. (Orden Público), Siete domingos rojos*, y *Casas Viejas (Episodios de la lucha de clases),* e iniciando su convivencia con Amparo Barayón [30], con

---

[28] Y antes de la guerra civil.
[29] J. Vived Mairal, cit., pág. 190.
[30] En el año 1932. Se casarían «por lo civil» a finales de 1935.

quien tendría dos hijos. En 1932, Rafael Cansinos-Assens saludaba desde las páginas de *La Libertad* su incorporación al grupo de narradores del momento como «el nuevo gran escritor que ha venido a animar nuestra literatura».

En ese período Lorca obtiene sonados triunfos *(Poema del cante jondo, Bodas de sangre,* viajes con La Barraca); Aleixandre publica *Espadas como labios;* Gerardo Diego hace lo propio con *Fábula de Equis y Zeda;* Jardiel Poncela edita *La tournée de Dios;* y aún Unamuno está dando que hablar con *La agonía del cristianismo* y *San Manuel Bueno, mártir,* pero ninguno de los «grandes» del momento —tampoco Alberti— lleva su compromiso a las cotas de Sender.

Bastante antes, pues, de la represión a que fueron sometidos los mineros asturianos levantados en 1934, Sender había dado pasos definitivos hacia la izquierda que otros iniciaron a partir de ese momento.

Mientras los poetas del 27 se preocupan más por las letras que por los problemas diarios de sus contemporáneos, Sender se hace oficialmente anarquista: «Sí. Pertenecía además a un grupo llamado Espartaco del cual soy el único superviviente», llegaría a manifestar mucho tiempo después. En ese momento, el que ya era conocido novelista por *Imán,* se sentía inclinado al comunismo, convencido de que en éste había soluciones prácticas a los problemas sociales.

Su viaje a Moscú en 1933 con motivo de la Olimpiada del Arte le dejó una gran impresión y no pocos amigos. Y, desde luego, en ese viaje descubrió, y así lo manifestó desde el principio, sus diferencias con el comunismo, que más tarde se convertirían en desacuerdo.

Con todo, en junio de 1935 aún era filocomunista. Y al celebrarse en París el Primer Congreso Inrternacional de Escritores en Defensa de la Cultura fue invitado a participar en compañía, entre otros, de Valle-Inclán, Azaña, Antonio Machado, Juan Ramón Jiménez, y García Lorca.

Ya para entonces había manifestado que el verdadero escritor contribuye a la fecundación de la sociedad de su tiempo irremediablemente en un sentido conservador o revolucionario, y que la actitud neutral no era posible.

No mucho más tarde, en enero de 1936, obtuvo el Premio Nacional de Literatura con *Míster Witt en el Cantón,* cronológicamente situado en la Primera República, donde se describía «la lucha de masas contra el Gobierno central, las contradicciones de un movimiento anarquizante que necesita luchar contra las fuerzas perfectamente coordinadas del Estado» [31].

Al producirse el alzamiento militar, estaba veraneando con su familia en San Rafael. La situación de la familia era muy delicada:

> Mientras yo luchaba al lado de los míos en Guadarrama, al otro lado de la sierra ocurrían los siguientes hechos: los señoritos de Falange, que llegaron con la columna y que habían de volver a Valladolid, en cuanto vieron que la columna era contenida por los campesinos en el Alto del León, se lanzaron a perseguir, a detener y a fusilar a todo el que les parecía sospechoso [32].

---

[31]   J. Vived Mairal, cit., pág. 311.
[32]   Ibíd., pág. 324.

Era el comienzo de la guerra, que se iba a llevar por delante a su esposa, Amparo Barayón[33], a otros miembros de su familia, como ocurre con algunos de los habitantes de la pequeña aldea en RÉQUIEM POR UN CAMPESINO ESPAÑOL, y a intelectuales y todo tipo de personas de los dos signos políticos enfrentados.

LA NOVELA

Generalidades

Algo más de medio siglo después de haberse publicado la primera edición de la obra (1953) con el título *Mosén Millán,* la novela sigue llamando la atención de millones de lectores de todo el mundo por su ágil planteamiento, por el dibujo de sus personajes, por el desarrollo de la trama. Y, desde luego, porque, como Sender afirmó sobriamente, representa el esquema de toda la guerra civil española.

Sender escribió *Mosén Millán* en una semana, y estaba destinada a formar volumen con otras novelas cortas en un proyecto editorial que finalmente no cuajó. Eso lo invitó a publicarla por separado en la colección Aquelarre de México que dirigía otro aragonés, José Ramón Arana. Cuando se publicó en Nueva York decidieron cambiar el título porque Mosén Millán en inglés no «decía nada».

---

[33] «Sírvase entregar al jefe de Falange Española, portador de la presente, a las reclusas en ese establecimiento a mi disposición Antonia Blanco Luis, Juliana Luis García y Amparo Barayón Miguel para su conducción a la cárcel de Bermillo de Sayago». Ibíd., pág. 350. Amparo fue asesinada el 11 de octubre de 1936.

RÉQUIEM POR UN CAMPESINO ESPAÑOL es, en efecto, una novela corta, pero eso no impide que haya sido catalogada como obra maestra. Y en este sentido confirma que para alcanzar la gloria literaria no hace falta escribir una obra megalítica, ni los copiosos y gloriosos episodios de una nación, o un volumen poético de mil páginas al estilo de *Hojas de hierba,* de Walt Whitman. Si Cervantes, o Clarín necesitaron escribir muchos centenares de páginas para conseguirlo, Jorge Manrique o San Juan de la Cruz han pasado a la posteridad con muy pocos versos en un escaso número de páginas. Y Sender lo habría logrado también si no hubiera publicado más que esta novela. No se puede decir más con menos palabras, y en esto hay que entroncar al Sender del RÉQUIEM en la nómina de los escritores conceptistas.

Francisco Carrasquer considera la novela como una obra maestra porque su autor «ha sabido mantener en ella un tono clásico, apoyado ese tono con los robustos pilares que sustentan sus mejores obras: un lenguaje directo y sencillo y una estructura como un cuadro de Velázquez» [34].

RÉQUIEM POR UN CAMPESINO ESPAÑOL se encardina en ese amplio abanico de obras que cualquiera puede leer y que cualquiera puede entender: el estudiante que se inicia en lecturas más serias y el investigador que prepara un trabajo erudito; el hombre de campo y el de ciudad; el de ideas revolucionarias y el conservador; sin hacer acepción de género o de sexo.

Pertenece al grupo de obras maestras como *El camino* —también breve—, que había publicado Delibes tres

---

[34]   F. Carrasquer, «Introducción» a R. J. Sender, *Réquiem por un campesino español,* Barcelona, Destino, 1998, pág. LXXV.

años antes, donde el recogido marco rural, la sencillez de los personajes y el paulatino desarrollo de la trama permiten abarcar todo el conjunto de una vez y comprenderlo como un todo.

Desde luego, es una novela social, porque en ella se plantean situaciones de miseria —moral, física y económica— que el autor intenta delatar para que no se enquisten por más tiempo en la que siempre fue su patria.

Sabemos que cuando Sender era monaguillo, en los albores del uso de la razón, asistió a la agonía de un pobre campesino, acontecimiento que lo marcó para toda la vida y que daría pie a algunas de las más sentidas y dolientes páginas de esta obra:

> Sí, creo que eso condicionó toda mi vida. Yo tenía entonces siete años y no lo he podido olvidar nunca.
> —¿Entonces, al parecer, te convertiste en escritor revolucionario?
> —No sé. Por lo menos fui desde entonces un ciudadano discrepante y una especie de escritor a contrapelo [35].

Este escritor a contrapelo era un verdadero cronista de la vida cotidiana, a la cual se acercaba siempre con ojos de explorador, de investigador nato, sin permitirse dejar engañar por las apariencias. Ya lo había demostrado cuando analizó *in situ* los sucesos de Casas Viejas, y cuando se ocupó del crimen de Cuenca. Sabía también que detrás de la máscara de la pobreza se ocultaban situaciones de desorden, de inmoralidad, de arbitrariedad, de in-

---

[35] M. C. Peñuelas, *Conversaciones con Ramón J. Sender,* Madrid, Magisterio Español, 1970, pág. 200.

justicia, en suma. Y él no podía consentir, como Paco el del Molino, que el pueblo doliente siguiera así como si la suya, que ya era una situación que duraba muchos siglos, fuera irremediable.

En RÉQUIEM POR UN CAMPESINO ESPAÑOL se dibuja una sociedad rural más próxima al Antiguo Régimen que al siglo XX. Si en Europa los movimientos sociales del XIX habían obtenido innumerables logros, en nuestro país todo parecía seguir igual. La sociedad se estructuraba en dos clases sociales antagonistas: los propietarios de la tierra, grandes terratenientes que ejercían un poder omnímodo sobre quienes las cultivaban desde tiempo inmemorial; y los campesinos, que malvivían del trabajo de sus manos, como ya había cantado Jorge Manrique quinientos años atrás.

Y entre unos y otros, inclinándose más a un platillo de la balanza o a otro, según el momento y según el personaje histórico concreto, los miembros de la Iglesia, que no siempre seguían la línea de su maestro[36], que prefería sentarse con los pobres a hacerlo con los ricos.

En este caso el representante de la iglesia será Mosén Millán, el fallido *homo bonus,* el magro abogado defensor de los pobres, que claudica por cobardía más que por irreflexión, ante las insistentes preguntas de los «forasteros».

Se propone, pues, una escena en cuya soleada primera planta habitan los ricos, y en cuyos inhóspitos sótanos malviven los desheredados de la tierra. Hay una pequeña entreplanta que ocupan unos cuantos «independientes», y un «adosado» que es el templo, lugar al que pueden

---

[36]   «Que siendo rico se hizo pobre por nosotros» (2 *Corintios,* 8, 9).

acceder los habitantes de cualquier zona del escenario, de cualquier zona del edificio social. Pero al que, finalmente, sólo acudirán los vecinos de la primera planta, porque hacia ellos se inclinó la balanza del sacerdote, tan poco ejemplar.

No estoy convencido de que la Iglesia «por la inercia de la historia, por su tradicional actitud de preocuparse demasiado por intereses seculares, se alía con el dinero y el poder» [37], como ha llegado a afirmarse. Resulta una explicación un tanto partidista, cuando sabemos que la Iglesia siempre ha mantenido su inicial proyecto de hacerse pobre con y como el pobre, y también en ese período los papas [38] habían expresado su postura a favor de los menos favorecidos por la fortuna.

Sí parece más convincente que en el fondo de la novela se permite observar «la indiferencia del hombre ante el sufrimiento de sus semejantes, que destaca con tintas más fuertes cuando la indiferencia viene de los privilegiados. Pero que está presente en todos, pobres y ricos» [39].

Desde luego, Sender se manifiesta desde sus primeras obras como «un luchador por los derechos naturales del hombre» [40], y por eso «denuncia las injusticias, las reivindicaciones de las masas» [41], y lo hace proponiendo héroes de pequeño calibre, como espontáneamente producidos por la naturaleza, que es sabia también a la hora

---

[37] M. Peñuelas, *La obra narrativa de Ramón J. Sender,* Madrid, Gredos, 1971, pág. 139.

[38] Especialmente, León XIII en su encíclica *Rerum Novarum.*

[39] M. Peñuelas, cit., pág. 140.

[40] J. L. Castillo-Puche, *Ramón J. Sender: el distanciamiento del exilio,* Barcelona, Destino 1985, pág. 16.

[41] Ibíd.

de elegir a sus líderes. Aunque en estos héroes de pequeño calibre están reflejados los impulsos que llevan a acometer e intentar solucionar los grandes problemas del hombre de su época.

Además, Sender había conocido los problemas sociales que plantea en RÉQUIEM POR UN CAMPESINO ESPAÑOL de primera mano, tanto en su Chalamera natal como en otras localidades próximas donde vivió. Y no había dejado de estar al tanto de todos los movimientos sociales al respecto, como demuestran sus numerosos artículos sobre el tema, y su presencia en Casas Viejas, donde se presentó para procurarse una documentación de primerísima mano que no le permitiera caer en la tentación de conformarse con saber las cosas «de oídas». Sabiendo, por supuesto, que su visita a la localidad gaditana no era bien vista:

> Jugándome la piel, porque fui a Casas Viejas y los reaccionarios querían incendiar la casa donde vivía. La Guardia Civil, que en aquel desventurado episodio se condujo noblemente, me respetó y me protegió—. No habían tenido parte en la represión, que fue cosa de los guardias de asalto. Debo hablar bien de la guardia civil y lo hago con gusto [42].

Estructura, lugar y tiempo

«Los elementos exteriores de dicha estructura —o sea, las secuencias de tiempo y espacio narrativos— están

---

[42]   M. C. Peñuelas, *Conversaciones*, cit., pág. 87.

fundidos e integrados en una mínima y sencilla acción
que se desarrolla en el presente, en el breve tiempo en que
la tenue trama va surgiendo de los recuerdos del cura»[43].
O, en palabras de Enrique Múgica:

> En tres tiempos transcurre la narración. En el mo-
> mento presente, cuando el cura se dispone a decir una
> misa por Paco el del Molino, el joven campesino al
> que bautizó y que luego fue su monaguillo, al que
> casó y al que acabaría por delatar y asistir en su eje-
> cución en los días de la guerra civil. Un año atrás de
> entonces, con el recuerdo de aquellos días terribles
> de la delación y prendimiento de Paco y su asesinato.
> Y, finalmente, la rememoración en la vieja sacristía
> del nacimiento, infancia y crecimiento del campesino
> que después del 14 de abril acabará con el dominio
> señorial de aquel duque ausente, dueño de los pastos
> del monte[44].

La obra se desarrolla en torno a un tema: la tragedia
de Paco el del Molino, que se configura a través de los
recuerdos del cura durante la tensa espera previa a la
misa de aniversario de su muerte, acaecida ésta en los
primeros compases de la guerra civil[45].

El lugar donde se desarrolla la acción —si se puede
llamar acción a esa espera— es la iglesia de la pequeña
aldea, y ésta se configura, en palabras de su autor, como
«una aldea imaginaria hecha con memorias líricas y dra-

---

[43]   M. Peñuelas, *La obra narrativa de Ramón J. Sender,* cit., pág. 142.

[44]   E. Múgica, «Prólogo» a R. J. Sender, *Réquiem por un campesino
español,* Barcelona, Bibliotex, 2001, pág. 6.

[45]   La misa de *réquiem* se celebra, pues, en el verano de 1937.

máticas de esos dos pueblos (Chalamera y Alcolea de Cinca) y de Tauste y de tantos pueblos donde viví (siempre en Aragón)»[46].

Pero los recuerdos de Mosén Millán conllevan un paisaje un poco más amplio: toda la aldea y sus alrededores, incluyendo «las Pardinas», el «carasol», el lavadero público y, por supuesto, las cuevas. También se menciona una ermita en los terrenos del duque, donde, un día indeterminado de verano —acaso el 15 de agosto, día de la Asunción, y festivo en muchos pueblos de España— los romeros iban en peregrinación hasta allí, y la alcaldía pagaba la misa. El terreno de pastos del monte parece un lugar de disputa entre los ricos y los pobres.

Parece que existe un desajuste espacio-temporal en la obra, si tenemos en cuenta que en 1937, momento en que se va a celebrar la misa de aniversario, los pueblos de la zona donde se sitúa la novela todavía eran republicanos[47] y, por tanto, no ocuparían el poder don Valeriano, don Gumersindo y don Cástulo. Este posible desajuste no disminuye el realismo de la obra, pues situaciones como la reproducida en la novela se dieron en todo el territorio español.

En cuanto al tiempo interno, la obra se desarrolla en un período cronológico que abarca desde el nacimiento de Paco hasta un año después de su muerte. Si hemos de

---

[46]   F. Carrasquer, *Cuestionario a Ramón J. Sender,* pág. 181.
[47]   «Tampoco es previsible que de haber sido zona ocupada por los franquistas se hubiera oficiado una misa por alguien del otro bando». R. Del Moral, *Enciclopedia de la novela española,* Barcelona, Planeta, 1999, pág. 490.

suponer que la novela termina en el verano de 1937, se extiende a lo largo de 26 años de historia de España:

> Veintiséis años después se acordaba de aquellas perdices, y en ayunas, antes de la misa, percibía los olores de ajo, vinagrillo y aceite de oliva [48].

Pero este dato cronológico puede estar equivocado, si tenemos en cuenta que «Veintitrés años después, Mosén Millán recordaba aquellos hechos, y suspiraba bajo sus ropas talares, esperando con la cabeza apoyada en el muro» (pág. 97). Son veintitrés años más los siete que se le suponen entonces a Paco, un total, pues, de treinta, lo que retrotraería el nacimiento de Paco al año 1907.

La intrahistoria, en buena medida, coincide con los años jóvenes de R. J. Sender, un período en que España está luchando contra su pasado, intentando mejorar su porvenir, sin encontrar una solución no-violenta a sus añejos problemas.

Hay que señalar, sin embargo, que en ningún momento Sender nombra la «guerra civil», como si esas dos palabras estuvieran prohibidas, constituyéndose así en una constante elisión que puede hacer pensar en que se han convertido en tabú.

Con todo, el período «caliente» de la obra es el que aborda las cuestiones previas a la guerra civil y los inicios de ésta, pues en ellos se celebrarán las elecciones que darán la vuelta a la tortilla y pondrán a los campesi-

---

[48] *Réquiem*, pág. 17. (A partir de ahora, en citas de esta obra sólo anotaré, entre paréntesis, la página correspondiente a la presente edición).

nos en una situación de poder que no habían disfrutado jamás. Una situación de poder que los invita a realizar mejoras sociales necesarias desde mucho tiempo atrás. Una situación de poder que no conlleva uso arbitrario del mismo, sino ajustado a los procedimientos democráticos, como demuestra Paco el del Molino en su charla con don Valeriano. Una situación de legítimo poder obtenido en las urnas, que cae ante la fuerza de las armas y conlleva la muerte de Paco y otros convecinos.

Los personajes

Tiende a decirse que el verdadero protagonista de la obra no es otro que Mosén Millán, y así permite suponerlo el inicial título de la novela. Pero no es menos cierto que sobre su opaca figura se alza con brío la de Paco el del Molino, que padece persecución por la justicia.

Uno y otro, pues, puede admitirse, comparten protagonismo, aunque quien lleva la voz cantante sea el sacerdote, cuya voz en *off* nos proporciona los datos que debemos conocer de la historia.

Mosén Millán

Mosén Millán es un sacerdote que ha estado cincuenta y un años [49] consagrado a sus labores eclesiales, lo que lo

---

[49] «Cincuenta y un años repitiendo aquellas oraciones habían creado un automatismo que le permitía poner el pensamiento en otra parte sin dejar de rezar», *Réquiem,* pág. 72.

convierte en un anciano de 74 años, pues hemos de suponer que su primera misa la cantaría hacia los 23:

> Era viejo, y estaba llegando —se decía— a esa edad
> en que la sal ha perdido su sabor, como dice la Biblia[50].
> Rezaba entre dientes con la cabeza apoyada en aquel
> lugar del muro[51] donde a través del tiempo se había formado una mancha oscura.

Se ha dedicado durante la mayor parte de esos años de servicio a la Iglesia a apacentar el rebaño de la pequeña aldea. No parece muy amplio de miras, si se ha contentado con eso, y resume su vida en el tránsito de las estaciones y las celebraciones litúrgicas, tan unidas en una zona rural. Ha visto crecer a Paco el del Molino tanto física como espiritualmente, y ha deplorado su inclinación hacia asuntos «que no le convenían».

En general, Mosén Millán es un apocado, incapaz de definirse a favor de los más pobres, como le pide el evangelio, quizá porque tal inclinación le hubiera supuesto una merma de sus ingresos y, desde luego, el codo a codo con los que pueden dar limosnas y sufragar los gastos que conlleva la liturgia.

Mosén Millán, que no se ha olvidado de las funciones litúrgicas —bautizar, confesar, asistir en la confirmación, dar la primera comunión, casar, aplicar la extremaunción— a sus feligreses, luchar contra las supersticiones, oficiar en días especiales, parece olvidado del primer

---

[50]   «Buena es la sal; mas si también la sal se desvirtúa, ¿con qué se la sazonará?», *Lucas,* 14, 34.

[51]   Especie de muro de las lamentaciones, donde el sacerdote ha pasado no pocos ratos de acongojada meditación de sus culpas.

gran mandamiento. No está en disposición de levantarse contra las injusticias, y para justificarse busca un subterfugio: «Dios permite la pobreza y el dolor» (pág. 96), con el cual intenta convencer a Paco para que no se meta donde nadie lo ha llamado.

Él no se siente con fuerzas para cambiar el rumbo de la historia, ni siquiera el de algún parroquiano, amparándose en que no puede hacer nada, y tampoco se sentirá capaz de enfrentarse a los forasteros que van a asesinar a Paco:

> —Usted me prometió que me llevarían a un tribunal y me juzgarían.
> —Me han engañado a mí también. ¿Qué puedo hacer? Piensa, hijo, en tu alma, y olvida, si puedes, todo lo demás.
> —¿Por qué me matan?¿Qué he hecho yo? Nosotros no hemos matado a nadie. Diga usted que yo no he hecho nada. Usted sabe que soy inocente, que somos inocentes los tres.
> —Sí, hijo. Todos sois inocentes; pero ¿qué puedo hacer yo? (págs. 142-143).

Para J. L. S. Ponce de León estas palabras repetidas varias veces, «'¿qué puedo hacer yo?', convierten al sacerdote que las dice en un símbolo del fracaso de su iglesia ante la violencia fratricida»[52]. O, por lo menos, señalan a quien las dice como un cobarde, que se ha creído más fuerte, espiritualmente, de lo que es, muestra indu-

---

[52] *La novela española de la guerra civil (1936-1939),* Madrid, Ínsula, 1971, pág. 112.

dable de una soberbia enmascarada en una falsa pobreza de ánimo.

El cura se ha limitado a esperar una redención en la cual él no tuviera que involucrarse, una redención pasiva, como espera durante el tiempo de la novela la aparición milagrosa de los convecinos, que no se va a producir. No ha perdido la esperanza de que lleguen parientes y amigos de Paco a su funeral, pero tampoco ha hecho nada para movilizar al pueblo un año después de la muerte del joven.

La respuesta a su llamada, que se efectúa a través del lúgubre tañido de las campanas tocando a muerto, sólo va a concretarse en la llegada de quienes de ninguna manera deberían hacerlo —los tres agentes más o menos directos del crimen— y el caballo, que es blanco, porque es el único personaje puro de los cuatro que hacen acto de presencia en el templo, sin contar al monaguillo.

Mosén Millán no se ha ganado a sus parroquianos, de quienes apenas se ha preocupado por proporcionarles una evangelización superficial, y entre los cuales no ha sabido encarnarse. Puede incluso afirmarse que está mejor relacionado con los personajes menos afines a la Iglesia —el zapatero— que con sus propios feligreses. Mosén Millán no es, en el fondo, un mal hombre, y entre su apego a las cosas de este mundo sólo descubrimos sus debilidades gastronómicas, pero tampoco es un justo como le exige su consagración sacerdotal.

Su pecado —gravísimo pecado, pues conlleva la muerte de un hombre— es el de la delación, un pecado que lo aproxima a Judas, y que recuerda la célebre afirmación de Caifás en relación a Jesús de Nazareth, cuando señaló «que convenía que muriera un solo hombre por el pueblo» [53]:

> A veces, hijo mío, Dios permite que muera un inocente. Lo permitió de su propio Hijo, que era más inocente que vosotros tres (pág. 143).

Con el retrato del sacerdote, es evidente que Sender, quien no se distinguía por una exquisita formación religiosa, a pesar de haber estudiado en los Escolapios de Alcañiz, «no tenía mucho respeto por instituciones como la Iglesia católica, y en los sacerdotes supo unir en alguna de sus obras —como en el caso de Mosén Millán— el fallo con la bondad, la debilidad con los buenos sentimientos, la sumisión a los poderosos con la propia servidumbre entre los pobres» [54].

Paco el del Molino

Por su parte, Paco el del Molino es un símbolo del pueblo, con eco en otras novelas de Sender, pero tiene características propias que lo hacen inconfundible: él es la víctima social, el chivo expiatorio necesario para escarmentar a los demás, el cordero que fue llevado al matadero por la delación del judas de turno.

«Paco el del Molino, el héroe campesino de la historia, se presenta como una figura de Cristo que debe expiar todos los pecados de España» —llega a afirmar Jean Canavaggio [55].

---

[53] *Juan,* 18, 14.
[54] J. L. Castillo-Puche, cit., págs. 45-46.
[55] *Historia de la Literatura Española,* tomo VI, *El siglo XX*, Barcelona, Ariel, 1995, pág. 295.

Como figura de Cristo, será delatado por uno de los suyos, será considerado culpable a pesar de su probada inocencia, y será ejecutado en compañía de otros dos hombres: «Usted sabe que soy inocente, que somos inocentes los tres» (pág. 142).

Paco sigue siendo, a la hora de su muerte, tan inocente como el niño que asistió a Mosén Millán, durante su infancia, en su visita a un moribundo en las cuevas donde malvivían los pobres de la «pequeña aldea».

En la novela se marcan las etapas de su desarrollo como hombre, desde aquel temprano despertar de la conciencia hasta su muerte junto al muro del cementerio, como ocurrió en tantos casos reales al principio de la guerra civil. En ese momento definitivo, Paco, que ha llegado a convertirse en un hombre de mucha altura moral, se confiesa con palabras próximas a las de Jesús de Nazareth en los últimos momentos de su vida: «Pero usted me conoce, Mosén Millán. Usted sabe quién soy».

Mosén Millán lo conoce desde que era un recién nacido al que bautizó y en cuya casa disfrutó de unas perdices adobadas que todavía recordaba tantos años después. Lo había visto en posesión de un juguete peligroso, se había hecho cómplice de sus pequeñas picardías[56], conocía y encubría algunas de sus travesuras, lo había confesado, le había dado la primera comunión, y lo casó.

Pero también es cierto que el muchacho, en sus primeros años pegado a la sotana de Mosén Millán, se había ido distanciando de éste desde el momento en que el cura no tomó partido por los habitantes de las cuevas. Y aun-

---

[56]   «Sabía que Paco tenía el revólver, y no había vuelto a hablar de él», *Réquiem*, pág. 29.

que siguió ayudándole en labores de monaguillo, su distanciamiento se fue haciendo más y más acentuado durante la adolescencia y juventud:

> Aunque imberbe aún, el chico imitaba las maneras de los adultos. No sólo iba sin cuidado al lavadero y escuchaba los diálogos de las mozas, sino que a veces ellas le decían picardías y crudezas, y él respondía bravamente (págs. 98-99).

Esta braveza de hombre campesino, de hombre natural, se confirma durante el episodio en que cuando unos guardias intentan llevárselo «a dormir a la cárcel» por salir con su rondalla a pesar de haber sido prohibido, desposeyó de sus rifles a los guardias que lo llevaban, lo que le dio «cierta fama de mozo atrevido» (pág. 65).

Su carácter saldrá a relucir también cuando, habiendo sido elegido concejal, propone no pagar los arrendamientos de los pastos. Tras habérselo comentado a don Valeriano, el administrador del duque, circula el bulo de que lo había amenazado. Y tras esto, «atribuían a Paco todas las arrogancias y desplantes a los que no se atrevían los demás».

La huella dejada en el corazón de Paco aquel día de visita a las cuevas lo invita a tomarse muy en serio el problema de aquellas gentes cuando es concejal, hasta el punto de que en «las reuniones del municipio no trataban de otra cosa» (pág. 121).

De su entrevista con don Valeriano para tratar el asunto de los montes que el duque usufructuaba, todos sacan como conclusión que Paco ha demostrado tener las agallas suficientes para enfrentarse al duque y a su administrador. La expresión *los tenía bien puestos* (pág. 126) es el dicho que acompaña los comentarios en torno a su visita a la casa de don Valeriano.

Por último, Paco tiene en mente solucionar el enconado asunto de los pobres habitantes de las cuevas, pero no tendrá tiempo de llevarlo a cabo. Deberá huir para salvarse momentáneamente. Y en las Pardinas demostrará suficientes reaños para enfrentarse a los forasteros y mantenerlos en jaque hasta que Mosén Millán lo convence de que debe entregarse: «Yo denuncié el lugar donde Paco se escondía. Yo fui a parlamentar con él» (pág. 136) —comentará entristecido el sacerdote en los últimos compases de la novela.

Incluso en el peor momento se descubre la braveza de Paco, que no impide su bondad. Podría haberse defendido matando a algunos de sus asaltantes, pero prefiere no hacerlo para no hacer correr más sangre:

> —Bien, me quedan cincuenta tiros, y podría vender la vida cara. Dígales a los otros que se acerquen sin miedo, que me entregaré (pág. 141).

Todavía cree Paco que es posible que reine la justicia, y que los forasteros consideren su inocencia. Pero su cáliz de amargura ha de ser apurado hasta el final, como Cristo, cuando, tras su prendimiento en el huerto de los olivos, dijo: «Ya os he dicho que yo soy; así que si me buscáis a mí, dejad marchar a éstos» [57]. Por eso, ya ante el paredón, cuando ve a los que van a ser ejecutados con él, pregunta: «¿Por qué matan a estos otros? Ellos no han hecho nada» (pág. 144).

---

[57]   *Juan*, 18, 8.

Su vil asesinato no va a provocar que se rasguen los velos del templo, que se haga de noche, que tiemble la tierra y que las rocas se rompan. Pero, de regreso al pueblo, junto al carasol desierto, «las grandes rocas desnudas parecían juntar las cabezas y hablar» (pág. 105). Las piedras se enternecen ante el homicidio. No hay ninguna lugareña para ejercer la función de plañidera, no hay nadie capaz de enfrentarse a los criminales ni de llorar a su vecino más cualificado, el que ha puesto su vida por la salvación de los demás. Todos quedan mudos y suspensos, y por eso serán las piedras las encargadas de comentar los tristes acontecimientos.

Otros personajes

Del resto de los personajes destacan don Valeriano, don Gumersindo, don Cástulo Pérez, en el bando de los ricos; y el zapatero y la Jerónima en el de los pobres. Entre los forasteros, será el centurión innominado el más relevante, junto con el ausente duque, a quien administra sus propiedades don Valeriano. El resto de los personajes apenas presenta relevancia: los padres de Paco, Águeda —su mujer—, el padrino de su bautizo, el médico, las mujeres del carasol, las mozas del lavadero público y el monaguillo.

De los ricos, don Valeriano ejerce como administrador de las tierras del duque, aunque también dispone de tierras propias. Es uno de los personajes más ricos del pueblo: «Casi toda la aldea había sido amiga de Paco, menos las dos familias más pudientes: don Valeriano y don Gumersindo» (pág. 44). El administrador aparece en los primeros compases de la novela, y no reaparece hasta aproximadamente la mitad de la obra, cuando Paco pedía explicaciones a su padre sobre el cobro de las rentas por parte del duque.

Don Valeriano es uno de los pocos personajes que Sender retrata con cierto detalle:

> Vestía como los señores de la ciudad, pero en el chaleco llevaba más botones que de ordinario, y una gruesa cadena de oro con varios dijes colgando que sonaban al andar. Tenía don Valeriano la frente estrecha y los ojos huidizos. El bigote le caía por los lados, de modo que cubría las comisuras de la boca. Cuando hablaba de dar dinero usaba la palabra desembolso, que le parecía distinguida (pág. 101).

Es un retrato físico y psicológico, que invita a considerarlo un hombre rico pero poco inclinado a compartir lo suyo con los demás. No es propiamente un avaro, sino alguien que quiere ostentar su riqueza para demostrar así su poder.

Su conciencia es muy laxa, hasta el punto de autoconsiderarse en el grupo de los «buenos» [58]: «Mosén Millán, el último domingo dijo usted en el púlpito que había que olvidar. Olvidar no es fácil, pero aquí estoy el primero» (pág. 101), motivo por el cual pretende pagar la misa de réquiem. Sin embargo, don Valeriano había sido uno de los que más influyeron en el desgraciado fin de Paco.

Él había intentado convencer a Paco de que cesara en su actividad en pro de sus convecinos, porque signifi-

---

[58]   Por eso, en uno de los dijes tenía un rizo de pelo de su difunta esposa, y en otro, una reliquia del santo P. Claret heredada de su bisabuelo. *Réquiem,* pág. 66.

caba un detrimento de los bienes del duque. Y propone una negociación sobre el monte, algo a lo que Paco no va a acceder. Don Valeriano se irá del pueblo hasta que los forasteros restablezcan el orden anterior a las elecciones, y terminará convirtiéndose en el alcalde [59] de la «pequeña aldea».

Sabemos, además, que don Valeriano miente para conseguir sus fines, engañando así a Mosén Millán. En el pueblo lleva a cabo un juego doble: «se lamentaba de lo que sucedía y al mismo tiempo empujaba a los señoritos de la ciudad a matar más gente» (pág. 131).

Don Valeriano es un personaje vil, que sólo se junta con los de su clase social y que pone pies en polvorosa cuando las cosas se tuercen. Defiende a los suyos, y es incapaz de abrir los ojos a otras realidades que no sean las establecidas por unos fueros antiguos e injustos.

Menor protagonismo tiene don Cástulo Pérez [60], un hombre prudente, que pretende estar a bien con todos, y que será quien confirme a Mosén Millán, durante la boda, la noticia de que el Rey está punto de caer [61]. Motivo por el cual probablemente ofrece su coche a Paco y Águeda recién casados para que puedan desplazarse hasta la estación del ferrocarril. Esto le servirá para ocupar un lugar

---

[59] Mosén Millán [...] no abría los ojos para evitarse la molestia de hablar con don Valeriano, el alcalde. Siempre le había sido difícil entenderse con él porque aquel hombre no escuchaba jamás», *Réquiem,* pág. 115.

[60] «Con sus apariencias simples, el señor Cástulo era un carácter fuerte. Se veía en sus ojos fríos y escrutadores», *Réquiem,* pág. 111. Pero «No se fiaban de él», pág. 128.

[61] «Del zapatero podía dudar, pero refrendado por el señor Cástulo, no», *Réquiem,* pág. 110.

destacado en la mesa de los novios, con la intención de
estar al tanto de lo que se cuece en el pueblo.

No será casual que el coche donde inició Paco su luna
de miel se convierta en el confesionario de Mosén Millán:

> El mismo coche del señor Cástulo servía de confe-
> sionario, con la puerta abierta y el sacerdote sentado
> dentro. El reo se arrodillaba en el estribo (pág. 142).

Y posteriormente en testigo del crimen: «Los otros dos
campesinos cayeron, pero Paco, cubierto de sangre, corrió
hacia el coche» (pág. 144). El coche de don Cástulo ejerce
así una función de barca de Caronte que simboliza el viaje
o travesía cumplida por vivos o muertos.

Tampoco es de buena harina don Gumersindo, a quien
Sender retrata casi con tanto detalle como a don Valeriano: «Se oían en la iglesia las botas de campo de don
Gumersindo. No había en la aldea otras botas como
aquellas, y Mosén Millán supo que era él mucho antes de
llegar a la sacristía. Iba vestido de negro, y al ver al cura
con los ojos cerrados, habló en voz baja para saludar a
don Valeriano. Pidió permiso para fumar, y sacó la pe-
taca» (pág. 115).

Las botas de don Gumersindo son el símbolo de su
fuerza y su poder: el sonido de sus taconazos lo presenta
como un personaje avasallador, dueño de sí, a quien no
le importa pasar por encima de quien sea. Si pide permiso para fumar solamente lo hace por mantener ciertas
apariencias. Encender el cigarrillo en el templo no habla
precisamente de su buena educación.

Respecto a la Jerónima, se trata de una mujer de pueblo, en la línea de la Vieja Pagana de *Yerma*. La Vieja Pa-

gana afirmaba en el segundo cuadro del primer acto: «Yo he sido una mujer de faldas en el aire, he ido flechada a la tajada de melón, a la fiesta, a la torta de azúcar» [62]. La Jerónima dirá: «Yo no me casé, pero por detrás de la iglesia tuve todos los hombres que se me antojaban. Soltera, soltera, pero con la llave en la gatera» (pág. 109).

La Jerónima ejerce como partera, y mil disciplinas más: es reflejo del saber popular, tantas veces mechado de supersticiones que se heredan de edad en edad, y se permite rezar extrañas oraciones (la llaman «la ensalmadora») para ahuyentar el pedrisco y evitar las inundaciones. El médico le impide que toque al recién nacido Paco, porque la considera capaz de cualquier tropelía, pero ella ha dejado debajo de la almohada «un clavo y una pequeña llave formando cruz».

Esta mujer ejerce también como vocera de las noticias, que comunica en el carasol, lugar donde está bien considerada y tiene crédito:

> Según ella, el padre había dicho a Mosén Millán:
> —¿Quién es usted para llevarse al chico a dar la unción?
> Era mentira, pero en el carasol creían todo lo que la Jerónima decía (pág. 97).

No deja de tener interés que estuviera enfrentada al nuevo y joven médico, que tal vez supiera más teoría que ella en cuestiones médicas, pero que tendría bastante menos experiencia en partos y otras cuestiones. También en

---

[62] F. García Lorca, *Yerma,* ed. de A. A. Gómez Yebra, Madrid, Castalia Didáctica, 2004, pág. 62.

este sentido tiene que ver con Dolores, la conjuradora de
Yerma.

Pero además, la Jerónima, que es sabia porque es vieja
y ha visto mucho y ha oído y sufrido mucho, sabe distinguir entre sus amigos —los pobres— y quienes no lo son
—los ricos—. Por eso «hablaba con respeto de mucha
gente, pero no de las familias de don Valeriano y de don
Gumersindo» (pág. 97). Contra estas familias tendrá palabras groseras cuando empiecen los desmanes.

Y ella será la única que asuma un talante crítico ante
las atrocidades cometidas por los señoritos forasteros,
permitiéndose insultarlos delante de los demás en el carasol y pedir justicia:

> El pueblo estaba asustado, y nadie sabía qué hacer.
> La Jerónima iba y venía, menos locuaz que de costum-
> bre. Pero en el carasol insultaba a los señoritos foraste-
> ros, y pedía para ellos tremendos castigos (pág. 129).

Entre ella y el zapatero existe un pulso de atracción-
repulsión, que él resume con un breve dicho: «La Jerónima y yo tenemos un telégrafo amoroso», y que origina
algunos de los pasajes humorísticos de la novela.

Por fin, cuando lo peor ha terminado, ella va a desahogarse al carasol dando voces «cuando creía que no podían
oírla, y otras veces callaba y se ponía a contar en las rocas las huellas de las balas» (pág. 145), que es otra manera de hablar de las rocas.

El zapatero es también digno de análisis. Él simboliza
el escepticismo anticlerical [63], y sucede naturalmente a

---

[63]   M. C. Peñuelas, *La obra narrativa de Ramón J. Sender*, cit., pág. 151.

otro anterior que «no iba a misa, pero trabajaba para el cura con el mayor esmero y le cobraba menos» (pág. 75). Como si el gremio de los zapateros, acostumbrados a mirar para el suelo, estuviera más pendiente de las cosas de la tierra que de las cosas del cielo. Y como si esa tendencia se fuera acentuando con el paso del tiempo.

La presencia de un zapatero es recurrente en la literatura popular, hasta el punto de tomarlo Federico García Lorca para *La zapatera prodigiosa,* que le proporcionó un rotundo éxito [64].

Éste, que debe mucho a la sabiduría popular, y que es tan dicharachero como un barbero, posee un gracejo especial, incluso a la hora de enjuiciar a Mosén Millán:

> —¡Oh! —decía el zapatero, evasivo—. Los curas son la gente que se toma más trabajo en el mundo para no trabajar. Pero Mosén Millán es un santo.
>
> Esto último lo decía con una veneración exagerada para que nadie pudiera pensar que hablaba en serio (pág. 84).

El zapatero, como casi todos los vecinos de la pequeña aldea, está invitado a la boda de Paco. En este momento Sender proporciona un boceto de su físico y de su personalidad: «Era pequeño, y como casi todos los del oficio, tenía anchas caderas» (pág. 108). A pesar de no ser creyente, se ha ganado el respeto de toda la comunidad, incluso del sacerdote, que lo trata de usted. Su posicionamiento ante la Iglesia es proverbial: «Mire, Mosén Millán.

---

[64]   Un zapatero es el personaje central de un conocido cuento de Antón Chéjov titulado *El camaleón.*

Si aquello es la casa de Dios, yo no merezco estar allí, y si no lo es, ¿para qué?» (pág. 108).

El zapatero, que no está pendiente de las cuestiones del espíritu, sí lo está de las del mundo. Él, que afirmaba disponer de un telégrafo amoroso con la Jerónima, parece disfrutar de un cable que le trae las noticias candentes de la capital. Sabe de buena fuente que el rey está a punto de caer, y parece que la noticia no lo acongoja. Podría suponerse que es un anarquista, aunque no acepta tras la revolución el puesto de juez de riegos, y desde luego, es un ácrata: «El zapatero tenía que estar contra el que mandaba, no importaba la doctrina o el color» (pág. 127).

Ni amigo ni enemigo de nadie, a pesar de su neutralidad, el zapatero es uno de los primeros represaliados por los forasteros con una paliza, al ser falsamente considerado como agente de Rusia. Poco después «apareció muerto en el camino del carasol con *la cabeza volada*» (pág. 129). Solamente se atreverá a cubrirlo con una sábana la Jerónima, que llorará misteriosamente su muerte.

El llanto de la Jerónima, que decía merecer que la mataran a pedradas, como a una culebra, por el zapatero, invita a considerar dos posibilidades: o estaba secretamente enamorada del zapatero; que parece lo más lógico si atendemos a sus disputas, sus dimes y diretes, o lo había delatado, que parece menos digno de crédito.

Respecto al centurión, éste asumirá protagonismo en la parte final de la novela. Es un personaje cuya presencia física no refleja en absoluto su personalidad: «era un hombre con cara bondadosa y gafas oscuras. Era difícil imaginar a aquel hombre matando a nadie» (pág. 133). Pero es un hombre decidido y dispuesto a cumplir la misión que le ha sido encomendada: «No queremos reblandecidos mentales. Estamos limpiando el pueblo, y el que no está con nosotros está en contra» (pág. 134). Para llevar a cabo las órdenes recibidas no le importa mentir a Mosén Millán prometiendo un juicio justo a Paco, que está muy lejos de llevar a efecto. Como no quiere arriesgar la vida de ninguno de los suyos, convence a Mosén Millán, entonces ya un auténtico reblandecido mental, para que vaya a parlamentar con el joven.

Los forasteros que lo acompañan son un grupo de señoritos[65] que se toman la justicia por su mano y hacen la limpieza en el pueblo a las órdenes del centurión. El centurión no es quien dispara sobre Paco y los otros campesinos que lo acompañan en el instante final, pero seguramente él fue quien hizo «discursos que nadie entendió, hablando del imperio y del destino inmortal del orden y de la santa fe[66]». Y él sería el primero en cantar «un himno con el brazo levantado y la mano extendida» (pág. 102). Él será quien, en el colmo de la desfachatez, recordará, al situar a los condenados contra el muro del cementerio, que no se habían confesado. Extraña concepción del valor de la vida terrena y de la vida espiritual.

En cuanto al padre de Paco, se trata de un campesino acostumbrado a bregar de sol a sol, que no ha perdido el

---

[65] Son maltratados por la pluma de Sender, especialmente al utilizar para retratarlos el elemento comparativo *como*: «Normalmente a aquellos tipos rasurados y finos como mujeres los llamaban en el carasol *pijaitos*», *Réquiem,* pág. 128. También se dirá de ellos que «estaban mal de la cabeza», pág. 133.

[66] «Evidentemente, la atractiva retórica falangista fue el elemento idóneo para cubrir las necesidades de simbología y exasperación que necesitaba el nuevo movimiento», J.-C. Mainer (ed.), «Introducción» a *Falange y Literatura. Antología,* Barcelona, Labor, 1971, pág. 37.

sentido del humor. De modo que, cuando Paco acaba de
nacer y alguno le preguntaba si era su hijo, él respondía:
«Hombre, no lo sé [...]. Al menos, de mi mujer, sí que lo
es» (pág. 77). En su boca tienen cabida reflexiones que
parecen propias de la filosofía popular: «Hasta que nació
ese crío, yo era sólo el hijo de mi padre. Ahora soy, además, el padre de mi hijo» (pág. 77).

El padre de Paco cumplirá sobradamente su función
aconsejando al muchacho en diversos momentos y sacri-
ficándose por él cuando va en la procesión del Viernes
Santo con un hábito de penitente para conseguir del cielo
que Paco no tuviera que hacer el servicio militar.

Para Mosén Millán ese ejercicio piadoso y doloroso
no tiene mérito, porque «lo hace para no tener que apalabrar un mayoral en el caso de que tú tengas que ir al servicio», pero el padre no le guarda rencor por ese pensamiento tan poco caritativo.

Si en los momentos difíciles está dispuesto a tomar el
lugar de su hijo, en momentos mejores le cederá su
puesto, con lo que Paco fue elegido concejal tras las se-
gundas elecciones.

En el fondo es un hombre simple, que confía en los
demás, especialmente en Mosén Millán:

> La ironía de la vida quiso que el padre de Paco ca-
> yera en aquella trampa. Miró al cura pensando precisa-
> mente lo que Mosén Millán quería que pensara: 'Si lo
> sabe, y no ha ido con el soplo, es un hombre honrado y
> enterizo'. Esta reflexión le hizo sentirse mejor. A lo
> largo de la conversación el padre de Paco reveló el es-
> condite del hijo, creyendo que no decía nada nuevo al
> cura (pág. 132).

El lenguaje

Todos los críticos coinciden en que el lenguaje de la obra es sencillo. Con «frases sencillas, cortadas y recortadas, sugerentes. Ausencia de ornamentación en las parcas descripciones, sobre todo de ornamentación adjetival. Dominan de forma absoluta los verbos y los nombres. La prosa es tersa, sobria, ceñida, sin énfasis»[67].

El ornatos

Las descripciones, en efecto, son escasas y parcas en detalles:

> La sacristía olía a incienso. En un rincón había un fajo de ramitas de olivo de las que habían sobrado el Domingo de Ramos. Las hojas estaban muy secas, y parecían de metal (pág. 71).

> Cerca de la ventana entreabierta un saltamontes atrapado entre las ramitas de un arbusto trataba de escapar (pág. 71).

> Iba el niño en brazos de la madrina, envuelto en ricas mantillas, y cubierto por un manto de raso blanco, bordado en sedas blancas, también (pág. 75).

> Al pie de esas escaleras, sobre un almohadón blanco de raso estaba acostado un crucifijo de metal cubierto con lienzo violeta, que formaba una figura romboidal sobre los extremos de la Cruz. Por debajo del rombo asomaba la base, labrada (págs. 88-89).

---

[67] M. C. Peñuelas, *La obra narrativa de R. J. Sender,* cit., pág. 151.

No se veían por allí más muebles que una silla desnivelada apoyada contra el muro. En el cuarto exterior,
en un rincón y en el suelo había tres piedras ahumadas
y un poco de ceniza fría. En una estaca clavada en el
muro, una chaqueta vieja (pág. 94).

En ocasiones, sin embargo, el novelista propone notables imágenes de los sentidos: «llegaba ahora un olor a
hierbas quemadas», que pueden ser consecuencia de la
violencia: «el monaguillo tenía presente la escena, que
fue sangrienta y llena de estampidos»; pero también metafóricas: «agitaba las aguas mansas de la aldea».

No son muy numerosas las descripciones de personas,
y sólo se encuentran algunos retratos, ya analizados. De
Paco, pese a hacerse el relato completo de su vida, sabemos muy poco en este sentido; algo de sus notables atributos masculinos que recordará la Jerónima, y que llaman la atención de las mozas en la plaza de la fuente, y
determinados detalles de vestuario en su «puesta de
largo»: «Los domingos en la tarde, con el pantalón nuevo
de pana, la camisa blanca y el chaleco rameado y florido,
iba a jugar a las *birlas* (a los bolos)» (pág. 100).

No es que el novelista desestime este tipo de recursos,
sino que no los necesita. Porque lo que pretende es retra-
tar a los personajes por sus acciones más que por sus características fisiológicas o por su indumentaria.

Con todo, alguna descripción puede utilizar el recurso de
la aliteración en base al fonema /r/ para hacerla más viva,
más plástica: «Sólo se oía un ronquido regular, bronco y
persistente, que salía del pecho del enfermo» (pág. 93).

Y determinadas comparaciones resultan especialmente llamativas: «Además el enfermo tenía los pies de

madera como los de los crucifijos rotos y abandonados en el desván» (pág. 95).

En ocasiones se vale de hermosas sinestesias para adornar una expresión: «La mañana del domingo se presentó *fría y dorada*» (pág. 75)[68]. Y de conocidas sinécdoques: «No he visto como el que dice *un alma* en la iglesia» (pág. 115)[69].

También recurre a algunas enumeraciones que sirven para enfatizar y dotar de mayor calibre a determinados desmanes: «Disparos por la noche, sangre, malas pasiones, habladurías, procacidades de aquella gente forastera, que, sin embargo, parecía educada» (pág. 131)[70].

Y utiliza con frecuencia refranes, que proporcionan un tono rural al relato: «dime de lo que presumes, y te diré lo que te falta» (pág. 81), «al hijo de tu vecino límpiale las narices y métalo en tu casa» (pág. 84)[71]; «si el cántaro da en la piedra, o la piedra en el cántaro, mal para el cántaro»[72]; «Mala hierba... [nunca muere]»(pág. 135)[73]. Alguno, de origen bíblico: «el que no está con nosotros está en contra» (pág. 134)[74].

---

[68]   Las cursivas son mías.

[69]   Las cursivas son mías.

[70]   A esa presumible paradoja dan respuesta estas palabras de J.-C. Mainer: «Millares de estudiantes, de profesionales y de comerciantes se apresuraron a inscribirse en las milicias de un partido que hablaba de amaneceres y violencias», cit., pág. 37.

[71]   Existe otra versión: «Al hijo de tu vecina, quítale el moco y cásale con tu hija», Gonzalo Correas, *Vocabulario de refranes y frases proverbiales (1627),* Madrid, Castalia, 2000, ed. de Louis Combet revisada por R. James y M. Mir-Andreu, pág. 58.

[72]   Ibíd. pág. 732.

[73]   Ibíd. pág. 486.

[74]   *Mateo,* 12, 30.

También acudirá a las expresiones hechas, puestas en labios del pueblo, porque forman parte de su acervo lingüístico y cultural: «pintan bastos» (pág. 108); «darle la vuelta a la tortilla» (pág. 110); «El rey se va *con la música a otra parte*» (pág. 119)[75]; «jugaba con dos barajas» (pág. 120); «Otra jota cantamos por aquí» (pág. 123); «los tenía bien puestos» (pág. 88); «zapatero, a tus zapatos» (pág. 89); «varas de medir» (pág. 129).

Las palabras y expresiones procedentes del latín son numerosas. Muchas veces puestas en boca del sacerdote; pero otras, en boca de la Jerónima: auténticos «latinajos». Pero hay que entender que en la época que reproduce la novela, la misa y los demás oficios litúrgicos se decían en latín.

Por fin, se sirve de algunas expresiones del catalán, algo frecuente en zonas de lenguas en contacto: «no es nena, que és nen; no és nena, que és nen» [...] no és nen, que es nena; no és nen, que és nena» El propio autor explica la aparición de tales vocablos: «la aldea estaba cerca de la raya de Lérida, y los campesinos usaban a veces palabras catalanas» (pág. 75).

La poesía. La música

Toda la novela sigue el ritmo del romance que el pueblo —anónimo, como debe ser— ha creado para recordar a su héroe. Un romance puesto en boca del monaguillo, que va recordando fragmentos incompletos del mismo a lo largo de la narración. El monaguillo ejerce así la fun-

---

[75] Las cursivas son mías.

ción de los viejos juglares, recogida después por el Tío Romance de Fernán Caballero; encarnado en un viejo ciego recreado por la pluma de Salvador Rueda, que cuenta[76] romances por los pueblos; hecho nuevo protagonista literario en el Tío de las Vistas de *Platero y yo,* en el Abuelo Romancero, de Carmen Conde, y en tantos otros personajes similares.

El romance[77] alcanza la cifra de 39 versos, y resulta incompleto. No porque deje sin terminar la historia que cuenta, sino porque ha ido surgiendo de los labios del monaguillo de una manera fragmentaria. Eso ha motivado la pérdida de un octosílabo (que debería ser par, y por tanto con rima asonante) entre el verso 31 y el 32.

Posee un indudable sabor añejo, en las expresiones reiterativas como «ya los llevan, ya los llevan», «ya ventean, ya ventean» y otras, donde la forma *ya* recuerda a la utilizada en el *Poema de Mio Cid*. Cuenta la historia de Paco desde su prendimiento en las Pardinas hasta su muerte, aunque aquí parece recuperar su valor temporal.

Otros dos textos poéticos están puestos en boca de los componentes de una rondalla que va a cantar a los novios. En la primera advertimos una vistosa cosificación (en los ojos de los novios relucían dos luceros), y dos hermosas metáforas (ella es la flor de la ontina, y él es la

---

[76] Y vende textos impresos a los parroquianos que se los piden.

[77] «Lo popular en Sender se refleja aquí en la composición del romance heroico que el pueblo ha hecho sobre el campesino fusilado». Josefa Rivas, *El escritor y su senda. Estudio crítico-literario sobre Ramón J. Sender,* México, Editores Unidos, 1967, pág. 112. Sin embargo, no se trata de un romance heroico *strictu sensu*, pues como tales sólo se pueden considerar los compuestos en versos de once sílabas. Esta autora no reconoce dos versos (9 y 10): *Las luces iban po'l monte / y las sombras po el saso* (pág. 23).

flor del romero) (pág. 112). En la otra, que alude a la boda de Paco y Águeda, se proporciona con un epíteto épico un leve detalle de la novia: «Águeda, la del buen garbo», al estilo de «el que en buen hora nasció» referido al Cid, o «el de los pies ligeros», haciendo alusión a Aquiles, o «fecundo en ardides» para referirse a Ulises.

Una coplilla popular incompleta, interpretada por la Jerónima hace reír a las mujeres del carasol:

> el cura le dijo al ama
> que se acostara a los pies (pág. 121).

Se trata de una canción, como otras que se aluden, sin anotar, a lo largo de la novela; algunas, cantables y bailables (jotas también, lógicamente), que acompañan determinados momentos felices.

En general la música está muy presente en la obra. El tañido de las campanas marca las pautas horarias de la novela al tiempo que delata la ausencia de los moradores de la pequeña aldea.

Pero hay otros momentos en que los sonidos cobran una dimensión especial, sea por su sutil delicadeza, o por su expresiva y notoria sonoridad. Por ejemplo, al comienzo de la obra, cuando «llegaban del otro lado[78] de los cristales rumores humildes» (pág.71); o «se oía la escoba seca contra las piedras, y una voz que llamaba» (pág. 71); «las campanitas menores tocaban alegremente» (pág. 75). O más tarde, recordando la Semana Santa: «Esas gigantescas matracas producían un rumor de huesos agitados» (pág. 89); «el canto del aleluya y el primer volteo de campanas»

---

[78]   Del pequeño huerto de la abadía.

(pág. 91), etc. En Semana Santa destacan también «las canciones de las beatas [que] sobre aquel rumor de hierros producían un contraste muy raro» (pág. 103).

No es menos interesante que Paco, al empezar su relación con Águeda da voces a las mulas para llamar su atención, y «si aquello no bastaba, cantando» (pág. 104). Antes y durante la boda, las rondallas tienen su función, especialmente en la boda, donde hay «música y baile» (pág. 106). Al terminar la ceremonia, la rondalla, que está compuesta por más de quince músicos con «guitarras, bandurrias, requintos, hierros y panderetas, [...] comenzó a tocar rabiosamente. En la torre, el cimbal más pequeño volteaba» (pág. 107). Es un momento alegre, al que prestan colorido todos los instrumentos musicales del pueblo.

Bien diferente al momento en que, a capela, los forasteros «cantaron un himno con el brazo levantado y la mano extendida» (pág. 141), antes de llevar a Paco y a los otros dos campesinos al muro del cementerio. Y en los minutos previos al momento definitivo, como premonición de lo que va a ocurrir, «lejos, en el pueblo, se oían ladrar perros y sonaba una campana. Desde hacía dos semanas no se oía sino aquella campana día y noche» (pág. 143).

La presencia de la música no es pues, arbitraria en Ramón J. Sender, que la utiliza como lenguaje auxiliar en todos los momentos de la obra, tanto en los tristes como en los felices.

El humor

Indudablemente, la obra se presenta como la tragedia de Paco, desde que nace hasta el fatídico instante de su muerte, más el apéndice de la misa de réquiem. No es, por tanto, una comedia en el sentido estricto del término, aunque también posee alguna de las características de ese género.

Es tragedia porque Paco muere de forma violenta, y también lo es porque hay un gran personaje en la sombra (el duque) que pretende conservar sus viejos derechos feudales[79] sobre los habitantes de esa y otras cuatro aldeas.

Pero es comedia porque en ella se habla fundamentalmente de las vidas de personajes de baja alcurnia, del pueblo llano, como son la mayoría de los habitantes de la aldea e incluso Mosén Millán, que debería ejercer como punto de encuentro entre unos y otros. Y tiene algo de comedia también en el sentido más vulgar del término, el que encuentra los asuntos humorísticos de determinada pieza literaria.

Y el sentido del humor radica en algunas expresiones (la chuscada del padre de Paco respecto a su hijo recién nacido; las alusiones a los genitales del niño: «Vaya, zagal. Seguro que no te echarán del baile —decía aludiendo al volumen de sus atributos masculinos» (pág. 77); y a otros motivos eróticos: «Soltera, soltera, pero con la llave en la gatera» (pág. 109), «los curas son las únicas personas a quienes todo el mundo llama padre, menos sus hijos, que los llaman tíos» (pág. 113); o la ya reseñada «los tenía bien puestos» (pág. 126).

Pero también se consigue el humor utilizando enumeraciones de insultos, verdaderas letanías de desvergüenzas que el zapatero lanza contra la Jerónima: «Cállate, penca del diablo, pata de afilador, albarda, zurupeta, tía

---

[79] Algo que también pretenden los tres pudientes: don Valeriano, don Gumersindo y don Cástulo.

chamusca, estropajo» (pág. 114) (...); «zurrapa, trotona, chirigaita, mochilera, trasgo, pendón, zancajo, pinchatripas, ojisucia, mocarra, fuina» (pág. 114). Con ellos se hace reír a la gente, y no parecen incomodar en exceso a su receptora, porque algunos le convienen y los demás forman parte de la broma.

La Jerónima, además, es activa protagonista en este tipo de juegos de toma y daca con improperios que no parecen demasiado ofensivos en el fondo:

> —La Cástula es una verruga peluda.
> —Una estaferma.
> La Jerónima no se quedaba atrás:
> —Un escorpión cebollero.
> —Una liendre sebosa.
> —Su casa —añadía la Jerónima— huele a fogón meado (pág. 130).

La Jerónima calificará, también con un insulto un poco ingenuo, casi infantil, a la Gumersinda como *patas puercas* (pág. 131).

En el fondo, las notas de humor, repartidas por la novela suponen un mundo donde el pueblo se divierte sin hacer daño, incluso en los momentos en que se burla de algún miembro de la comunidad.

Las notas cómicas están como contrapunto de una novela en donde la tragedia se ve llegar casi desde los primeros compases.

ANTONIO A. GÓMEZ YEBRA

BIBLIOGRAFÍA COMENTADA

CARRASQUER, Francisco, *La integral de ambos mundos: Sender,* Zaragoza, Prensas Universitarias, 1994.

Aborda especialmente las dieciséis obras de Ramón J. Sender que tratan de América. En esas obras su autor convierte en materia literaria los principales hitos del Nuevo Mundo, desde las civilizaciones precolombinas hasta el hispanismo norteamericano, pasando por la conquista, la misión o las aleaciones de religión pagana y cristiana.

CASTILLO-PUCHE, José Luis, *Ramón J. Sender: el distanciamiento del exilio,* Barcelona, Destino, 1985.

Estudio de la novelística de Sender partiendo de sus primeros tiempos como periodista activo. Sobre *Réquiem por un campesino español* advertirá que la distancia entre los acontecimientos y la elaboración de la novela le permitió acometerla desde una postura más estética que política, lo cual le proporcionó una perspectiva casi imparcial.

DUEÑAS LORENTE, José Domingo, *Ramón J. Sender (1924-1939): Literatura y periodismo en los años 20. Antología,* Zaragoza, Edizions de l´Astral, 1992.

Antología de textos periodísticos de R. J. Sender de 1924 a 1939. Incluye distintas series de textos periodísticos, de registros diferentes (notas de la redacción, reseñas de libros, artículos de viaje), donde se traslucen determinados resortes ideológicos, al lado de una especial disposición de la escritura que remite a otras empresas literarias de mayor calado.

EOFF, Sherman H., *El pensamiento moderno y la novela española. Ensayos de literatura comparada: la repercusión filosófica de la ciencia sobre la novela,* Barcelona, Seix Barral, 1965, págs. 236-256.

Analiza algunas obras de Sender desde el punto de vista existencialista. Para Eoff Sender estaba realizando, antes que los existencialistas franceses, experimentos en la novela con la convicción de que el fondo de la realidad humana se encuentra escondido en una calidad no-racional y fantasmagórica.

MAINER, José-Carlos (ed.), *Falange y Literatura. Antología,* Barcelona, Labor, 1971.

Interesante estudio sobre la falange y su incidencia en la Literatura. No se limita a los primeros momentos de la falange, sino que avanza por la guerra civil y la posguerra. Entre otros escritores analizados están Ernesto Giménez Caballero, Agustín de Foxá, Rafael García Serrano, Víctor de la Serna, F. Ximénez de Sandoval, G. Torrente Ballester, Dionisio Ridruejo y Álvaro Cunqueiro.

PEÑUELAS, Marcelino C., *La obra narrativa de Ramón J. Sender,* Carta-prólogo de Ramón J. Sender, Madrid, Gredos, 1971.

Recorrido por algunas obras de Sender deteniéndose ampliamente en aspectos significativos de las mismas: asuntos, temas, técnicas, estilo, además de proporcionar algunas notas sobre la vida y la personalidad del escritor aragonés.

PINI MORO, Donatella, *Ramón J. Sender tra la guerra e l'esilio,* Alessandria, Edizioni dell'Orso, 1994.

Estudio que se ocupa fundamentalmente sobre *El lugar de un hombre,* enfocada como novela existencialista. Es un análisis muy completo de la novela citada, que trae a colación otros títulos y otros temas del autor aragonés. No se olvida, por supuesto, de los antecedentes y consecuentes de la guerra civil española.

PONCE DE LEÓN, José Luis S., *La novela española de la Guerra Civil (1936-1939)*, Madrid, Ínsula, 1971.

Presenta un interesante panorama de la novela española con tema de la guerra civil, abarcando a los novelistas del exilio y los que se quedaron en España. No hace estudios particulares de novelas, aunque trabaja sobre un corpus muy numeroso. Se ocupa del papel de las víctimas, entre ellas el de Paco, pero también de otros campesinos.

RIVAS, Josefa, *El escritor y su senda. Estudio crítico-literario sobre Ramón Sender,* México D. F., Editores Mexicanos Unidos, 1967.

Estudio sobre la obra de Ramón J. Sender con una pequeña biografía. Es un estudio sobre varias novelas *(El lugar de un hombre, Crónica del alba, Los cinco libros de Ariadna, Mexicayotl,* etcétera). Analiza paisajes, personajes, simbolismos, estilo, etc.

TRAPIELLO, Andrés, *Las armas y las letras: Literatura y guerra civil (1936-1939)*, Barcelona, Planeta, 1994.

Estudio sobre las relaciones entre las letras y la guerra civil. Se ocupa de los miembros de la Generación del 98 (Millán Astray y Unamuno), de los primeros días de la guerra, con las intervenciones de Bergamín y Alberti, los casos de F. García Lorca y Maeztu, así como la reunión en París de los escritores exiliados. No se olvida de otros lugares especiales como Valencia, Barcelona, Pamplona (donde fue encarcelado Jorge Guillén), el II Congreso Internacional de Escritores para la Defensa de la Cultura, etc.

VIVED MAIRAL, Jesús, *Ramón J. Sender. Biografía,* Madrid, Páginas de Espuma, 2002.

Espléndido trabajo con cuantioso acopio de datos biográficos y literarios sobre Ramón J. Sender. Imprescindible para conocer la trayectoria, vital y literaria, del escritor aragonés. Incluye fotografías de varias épocas, así como portadillas de libros, etc.

RÉQUIEM
POR UN CAMPESINO ESPAÑOL

A Jesús Vived Mairal

El cura esperaba sentado en un sillón con la cabeza inclinada sobre la casulla de los oficios de *réquiem*[1]. La sacristía olía a incienso. En un rincón había un fajo de ramitas de olivo de las que habían sobrado el Domingo de Ramos. Las hojas estaban muy secas, y parecían de metal. Al pasar cerca, Mosén Millán evitaba rozarlas porque se desprendían y caían al suelo.

Iba y venía el monaguillo con su roquete[2] blanco. La sacristía tenía dos ventanas que daban al pequeño huerto de la abadía[3]. Llegaban del otro lado de los cristales rumores humildes.

Alguien barría furiosamente, y se oía la escoba seca contra las piedras, y una voz que llamaba:

—María... Marieta[4]...

Cerca de la ventana entreabierta un saltamontes atrapado entre las ramitas de un arbusto trataba de escapar, y se agitaba desesperadamente. Más lejos, hacia la plaza,

---

[1] *réquiem:* misa de difuntos. En este caso es de primer aniversario de la muerte de Paco.

[2] *roquete:* especie de sobrepelliz cerrada y con mangas.

[3] *abadía:* iglesia y monasterio con territorio propio; en este caso sabemos que posee, al menos, un pequeño huerto.

[4] El diminutivo es más propio del catalán. La influencia se advierte en otros casos, como se señaló en la Introducción.

relinchaba un potro. «Ése debe ser —pensó Mosén Millán— el potro de Paco el del Molino, que anda, como siempre, suelto por el pueblo». El cura seguía pensando que aquel potro, por las calles, era una alusión constante a Paco y al recuerdo de su desdicha.

Con los codos en los brazos del sillón y las manos cruzadas sobre la casulla[5] negra bordada de oro, seguía rezando. Cincuenta y un años repitiendo aquellas oraciones habían creado un automatismo que le permitía poner el pensamiento en otra parte sin dejar de rezar. Y su imaginación vagaba por el pueblo. Esperaba que los parientes del difunto acudirían. Estaba seguro de que irían —no podían menos— tratándose de una misa de *réquiem,* aunque la decía sin que nadie se la hubiera encargado. También esperaba Mosén Millán que fueran los amigos del difunto. Pero esto hacía dudar al cura. Casi toda la aldea había sido amiga de Paco, menos las dos familias más pudientes: don Valeriano[6] y don Gumersindo[7]. La tercera familia rica, la del señor Cástulo[8] Pérez, no era ni amiga ni enemiga.

El monaguillo entraba, tomaba una campana que había en un rincón, y sujetando el badajo para que no sonara, iba a salir cuando Mosén Millán le preguntó:

---

[5]   *casulla:* vestidura que se pone el sacerdote sobre las demás para celebrar la misa, consistente en una pieza alargada, con una abertura en el centro para pasar por ella la cabeza.

[6]   Valeriano significa robusto y sano, y también el que tiene valor. El personaje que lleva este nombre responde a esas características.

[7]   Gumersindo procede del germánico *guma-swind* y significa hombre fuerte. Su forma de pisar así lo delatará cuando entre en la iglesia.

[8]   Cástulo era un celoso cristiano que ayudó a los cristianos de Roma en tiempos de Diocleciano El personaje que lleva su nombre en la novela está acompañado por un apellido de lo más vulgar: Pérez, que disminuye la categoría humana que le proporciona su nombre.

—¿Han venido los parientes?

—¿Qué parientes? —preguntó a su vez el monaguillo.

—No seas bobo. ¿No te acuerdas de Paco el del Molino?

—Ah, sí, señor. Pero no se ve a nadie en la iglesia, todavía.

El chico salió otra vez al presbiterio[9] pensando en Paco el del Molino. ¿No había de recordarlo? Lo vio morir, y después de su muerte la gente sacó un romance. El monaguillo sabía algunos trozos:

> Ahí va Paco el del Molino,
> que ya ha sido sentenciado,
> y que llora por su vida
> camino del camposanto.

Eso de llorar no era verdad, porque el monaguillo vio a Paco, y no lloraba. «Lo vi —se decía— con los otros desde el coche del señor Cástulo, y yo llevaba la bolsa con la extremaunción para que Mosén Millán les pusiera a los muertos el santolio[10] en el pie». El monaguillo iba y venía con el romance de Paco en los dientes. Sin darse cuenta acomodaba sus pasos al compás de la canción:

> ... y al llegar frente a las tapias
> el centurión echa el alto.

---

[9] *presbiterio:* zona del altar mayor del templo hasta el pie de las gradas por donde se sube a él; suele estar cercado por una barandilla o reja.

[10] *santolio:* santo óleo, óleo, aceite consagrado.

Eso del centurión le parecía al monaguillo más bien cosa de Semana Santa y de los pasos de la oración del huerto. Por las ventanas de la sacristía llegaba ahora un olor de hierbas quemadas, y Mosén Millán, sin dejar de rezar, sentía en ese olor las añoranzas de su propia juventud. Era viejo, y estaba llegando —se decía— a esa edad en que la sal ha perdido su sabor, como dice la Biblia[11]. Rezaba entre dientes con la cabeza apoyada en aquel lugar del muro donde a través del tiempo se había formado una mancha oscura.

Entraba y salía el monaguillo con la pértiga de encender los cirios, las vinajeras y el misal.

—¿Hay gente en la iglesia? —preguntaba otra vez el cura.

—No, señor.

Mosén Millán se decía: es pronto. Además, los campesinos no han acabado las faenas de la trilla[12]. Pero la familia del difunto no podía faltar. Seguían sonando las campanas que en los funerales eran lentas, espaciadas y graves. Mosén Millán alargaba las piernas. Las puntas de sus zapatos asomaban debajo del alba[13] y encima de la estera de esparto[14]. El alba estaba deshilándose por el remate. Los zapatos tenían el cuero rajado por el lugar

---

[11]   «Buena es la sal; mas si también la sal se desvirtúa, ¿con qué se la sazonará?» *Lucas,* 14, 34.

[12]   Este dato permite reconocer que la misa se va a celebrar en el mes de julio, por lo que Paco fue asesinado justamente al principio de la guerra civil.

[13]   *alba:* vestidura o túnica de lienzo blanco que los sacerdotes, diáconos y sub-diáconos se ponen sobre el hábito y el amito para celebrar los oficios divinos.

[14]   *estera de esparto:* especie de alfombra hecha con un tejido grueso de ese material.

donde se doblaban al andar, y el cura pensó: tendré que enviarlos a componer. El zapatero era nuevo en la aldea. El anterior no iba a misa, pero trabajaba para el cura con el mayor esmero, y le cobraba menos. Aquel zapatero y Paco el del Molino habían sido muy amigos.

Recordaba Mosén Millán el día que bautizó a Paco en aquella misma iglesia. La mañana del bautizo se presentó fría y dorada, una de esas mañanitas en que la grava[15] del río que habían puesto en la plaza durante el *Corpus,* crujía de frío[16] bajo los pies. Iba el niño en brazos de la madrina, envuelto en ricas mantillas, y cubierto por un manto de raso blanco, bordado en sedas blancas, también. Los lujos de los campesinos son para los actos sacramentales. Cuando el bautizo entraba en la iglesia, las campanitas menores tocaban alegremente. Se podía saber si el que iban a bautizar era niño o niña. Si era niño, las campanas —una en un tono más alto que la otra— decían[17]: *no és nena, que és nen*[18]*; no és nena, que és nen.* Si era niña cambiaban un poco, y decían: *no és nen, que és nena; no és nen, que és nena.* La aldea estaba cerca de la raya de Lérida, y los campesinos usaban a veces palabras catalanas.

Al llegar el bautizo se oyó en la plaza vocerío de niños, como siempre. El padrino llevaba una bolsa de papel de la que sacaba puñados de peladillas y caramelos. Sabía que, de no hacerlo, los chicos recibirían al bautizo

---

15   *grava:* pequeñas piedras blancas, cantos rodados.
16   Magnífica vivificación, proporcionando la sensibilidad del tacto a las piedras.
17   Ejemplo de personificación: las campanas hablan.
18   *no és nena, que és nen:* no es niña, que es niño.

gritando a coro frases desairadas para el recién nacido, aludiendo a sus pañales y a si estaban secos o mojados.

Se oían rebotar las peladillas contra las puertas y las ventanas y a veces contra las cabezas de los mismos chicos, quienes no perdían el tiempo en lamentaciones. En la torre las campanitas menores seguían tocando: *no és nena, que és nen,* y los campesinos entraban en la iglesia, donde esperaba Mosén Millán ya revestido [19].

Recordaba el cura aquel acto entre centenares de otros porque había sido el bautizo de Paco el del Molino. Había varias personas enlutadas y graves. Las mujeres con mantilla [20] o mantón [21] negro. Los hombres con camisa almidonada. En la capilla bautismal la pila sugería misterios antiguos.

Mosén Millán había sido invitado a comer con la familia. No hubo grandes extremos porque las fiestas del invierno solían ser menos algareras [22] que las del verano. Recordaba Mosén Millán que sobre una mesa había un paquete de velas rizadas y adornadas, y que en un extremo de la habitación estaba la cuna del niño. A su lado, la madre, de breve cabeza y pecho opulento, con esa serenidad majestuosa de las recién paridas [23]. El padre atendía a los amigos. Uno de ellos se acercaba a la cuna, y preguntaba:

---

[19]   *revestido:* vestido con las ropas adecuadas a la liturgia del bautismo.

[20]   *mantilla:* prenda de seda, lana u otro tejido, que usan las mujeres para cubrirse la cabeza y los hombros en fiestas o actos solemnes.

[21]   *mantón*: prenda cuadrada o rectangular, de abrigo, que las mujeres llevan sobre los hombros. Los de Manila son de seda y bordados.

[22]   *algarera:* bulliciosa, festiva, inquieta, ruidosa, llamativa.

[23]   Uno de los escasos datos que conocemos de la madre de Paco el del Molino.

—¿Es tu hijo?

—Hombre, no lo sé —dijo el padre acusando con una tranquila sorna lo obvio de la pregunta—. Al menos, de mi mujer sí que lo es.

Luego soltó la carcajada. Mosén Millán, que estaba leyendo su grimorio [24], alzó la cabeza:

—Vamos, no seas bruto. ¿Qué sacas con esas bromas?

Las mujeres reían también, especialmente la Jerónima —partera y saludadora [25]—, que en aquel momento llevaba a la madre un caldo de gallina y un vaso de vino moscatel. Después descubría al niño, y se ponía a cambiar el vendaje del ombliguito.

—Vaya, zagal. Seguro que no te echarán del baile —decía aludiendo al volumen de sus atributos masculinos.

La madrina repetía que durante el bautismo el niño había sacado la lengua para recoger la sal, y de eso deducía que tendría gracia y atractivo con las mujeres. El padre del niño iba y venía, y se detenía a veces para mirar al recién nacido: «¡Qué cosa es la vida! Hasta que nació ese crío, yo era sólo el hijo de mi padre. Ahora soy, además, el padre de mi hijo».

—El mundo es redondo, y rueda —dijo en voz alta.

Estaba seguro Mosén Millán de que servirían en la comida perdiz en adobo. En aquella casa solían tenerla. Cuando sintió su olor en el aire, se levantó, se acercó a la cuna, y sacó de su breviario [26] un pequeñísimo escapula-

---

[24] *grimorio:* libro donde están los textos de la liturgia del momento.

[25] *saludadora*: curandera. «Comúnmente se aplica al que por oficio saluda con ciertas preces, ceremonias y soplos para curar del mal de la rabia» *Diccionario de Autoridades,* Madrid, Gredos, 1984.

[26] *breviario*: libro que contiene el rezo eclesiástico de todo el año, y los sacerdotes suelen llevar consigo.

rio [27] que dejó debajo de la almohada del niño. Miraba el cura al niño sin dejar de rezar: *ad perpetuam rei memoriam* [28]... El niño parecía darse cuenta de que era el centro de aquella celebración, y sonreía dormido. Mosén Millán se apartaba pensando: ¿De qué puede sonreír? Lo dijo en voz alta, y la Jerónima comentó:

—Es que sueña. Sueña con ríos de lechecita [29] caliente.

El diminutivo de leche resultaba un poco extraño, pero todo lo que decía la Jerónima era siempre así.

Cuando llegaron los que faltaban, comenzó la comida. Una de las cabeceras la ocupó el feliz padre. La abuela [30] dijo al indicar al cura el lado contrario:

—Aquí el otro padre, Mosén Millán.

El cura dio la razón a la abuela: el chico había nacido dos veces, una al mundo y otra a la iglesia [31]. De este segundo nacimiento el padre era el cura párroco. Mosén Millán se servía poco, reservándose para las perdices.

Veintiséis [32] años después se acordaba de aquellas perdices, y en ayunas [33], antes de la misa, percibía los olores

---

[27] *escapulario:* objeto devoto formado por dos pedazos pequeños de tela unidos con dos cintas negras para llevarlo al cuello. Puede contener alguna reliquia o imagen de vírgenes o santos.

[28] *ad perpetuam rei memoriam*: para perpetua memoria del asunto.

[29] *lechecita:* popular diminutivo afectivo de *leche*.

[30] Solamente aparece la abuela durante la comida posterior al bautizo de Paco.

[31] Es padre porque ha bautizado al niño, incorporándolo así a la Iglesia.

[32] Recuérdese lo que se dijo en la Introducción respecto a este asunto temporal.

[33] En 1937 todavía era necesario mantenerse en ayuno desde la noche anterior para poder comulgar.

de ajo, vinagrillo y aceite de oliva. Revestido y oyendo las campanas, dejaba que por un momento el recuerdo se extinguiera. Miraba al monaguillo. Éste no sabía todo el romance [34] de Paco, y se quedaba en la puerta con un dedo doblado entre los dientes tratando de recordar:

> ... ya los llevan, ya los llevan
> atados brazo con brazo.

El monaguillo tenía presente la escena, que fue sangrienta y llena de estampidos.

Volvía a recordar el cura la fiesta del bautizo mientras el monaguillo por decir algo repetía:

—No sé qué pasa que hoy no viene nadie a la iglesia, Mosén Millán.

El sacerdote había puesto la crisma [35] en la nuca de Paco, en su tierna nuca que formaba dos arruguitas contra la espalda. Ahora —pensaba— está ya aquella nuca bajo la tierra, polvo en el polvo [36]. Todos habían mirado al niño aquella mañana, sobre todo el padre, felices, pero con cierta turbiedad [37] en la expresión. Nada más misterioso que un recién nacido.

Mosén Millán recordaba que aquella familia no había sido nunca muy devota, pero cumplía con la parroquia y conservaba la costumbre de hacer a la iglesia dos rega-

---

[34] Pero lo poco que desconoce no es imprescindible para seguir la acción que desarrolla. Ya se observó en la Introducción que apenas se echa en falta un verso.

[35] *crisma:* aceite y bálsamo mezclados que consagran los obispos el Jueves Santo para ungir a quienes se bautizan.

[36] *polvo en el polvo:* la expresión no deja de tener connotaciones religiosas: eres polvo y volverás al polvo se recuerda el Miércoles de Ceniza.

[37] *turbiedad:* preocupación.

los cada año, uno de lana y otro de trigo, en agosto[38]. Lo hacían más por tradición que por devoción —pensaba Mosén Millán—, pero lo hacían.

En cuanto a la Jerónima, ella sabía que el cura no la veía con buenos ojos. A veces la Jerónima, con su oficio y sus habladurías —o *dijendas*[39], como ella decía—, agitaba un poco las aguas mansas de la aldea. Solía rezar la Jerónima extrañas oraciones para ahuyentar el pedrisco y evitar las inundaciones[40], y en aquella que terminaba diciendo: *Santo Justo, Santo Fuerte, Santo Inmortal — líbranos, Señor, de todo mal,* añadía una frase latina que sonaba como una obscenidad, y cuyo verdadero sentido no pudo nunca descifrar el cura. Ella lo hacía inocentemente, y cuando el cura le preguntaba de dónde había sacado aquel latinajo[41], decía que lo había heredado de su abuela.

Estaba seguro Mosén Millán de que si iba a la cuna del niño, y levantaba la almohada, encontraría algún amuleto. Solía la Jerónima poner cuando se trataba de niños una tijerita abierta en cruz para protegerlos de herida de hierro —de saña de hierro, decía ella—, y si se trataba de niñas, una rosa que ella misma había desecado a la luz de la luna[42] para darles hermosura y evitarles las menstruaciones difíciles.

---

[38] Recuerda la costumbre de pagar el diezmo a la Iglesia, y se produce después de la recogida del trigo y el esquileo de las ovejas.

[39] *dijendas:* habladurías, pero también palabras raras o curiosas, «palabros».

[40] Por eso es saludadora, y tiene algo de la personalidad del ciego del *Lazarillo.*

[41] *latijnajo:* expresión en latín malo o macarrónico, frase latina usada en castellano.

[42] Nuevo dato de las supersticiones populares de las que es depositaria la Jerónima.

Hubo un incidente que produjo cierta alegría secreta a Mosén Millán. El médico de la aldea, un hombre joven, llegó, dio los buenos días, se quitó las gafas para limpiarlas —se le habían empañado al entrar—, y se acercó a la cuna. Después de reconocer al crío dijo gravemente a la Jerónima que no volviera a tocar el ombligo del recién nacido y ni siquiera a cambiarle la faja. Lo dijo secamente, y lo que era peor, delante de todos. Lo oyeron hasta los que estaban en la cocina.

Como era de suponer, al marcharse el médico, la Jerónima comenzó a desahogarse. Dijo que con los médicos viejos nunca había tenido palabras, y que aquel jovencito creía que sólo su ciencia valía, pero dime de lo que presumes, y te diré lo que te falta [43]. Aquel médico tenía más hechuras y maneras que *concencia* [44]. Trató de malquistar [45] al médico con los maridos. ¿No habían visto cómo se entraba por las casas de rondón [46], y sin llamar, y se iba derecho a la alcoba, aunque la hembra de la familia estuviera allí vistiéndose? Más de una había sido sorprendida en cubrecorsé [47] o en enaguas. ¿Y qué hacían las pobres? Pues nada. Gritar y correr a otro cuarto. ¿Eran maneras aquéllas de entrar en una casa un hombre soltero y sin arrimo? Ése era el médico. Seguía hablando la Jerónima, pero los hombres no la escuchaban. Mosén Millán intervino por fin:

---

[43] También es depositaria de la cultura popular, como demuestra en el uso de los refranes.

[44] *concencia:* vulgarismo por conciencia.

[45] *malquistar:* indisponer, enemistar.

[46] *entrar de rondón:* entrar de repente y con familiaridad, sin llamar a la puerta.

[47] *cubrecorsé:* prenda de vestir que usaban las mujeres por encima del corsé.

—Cállate, Jerónima —dijo—. Un médico es un médico.

—La culpa —dijo alguien— no es de la Jerónima, sino del jarro[48].

Los campesinos hablaban de cosas referentes al trabajo. El trigo apuntaba bien, los planteros —semilleros— de hortalizas iban germinando, y en la primavera sería un gozo sembrar los melonares y la lechuga. Mosén Millán, cuando vio que la conversación languidecía, se puso a hablar contra las supersticiones. La Jerónima escuchaba en silencio.

Hablaba el cura de las cosas más graves con giros campesinos. Decía que la Iglesia se alegraba tanto de aquel nacimiento como los mismos padres, y que había que alejar del niño las supersticiones, que son cosa del demonio, y que podrían dañarle el día de mañana. Añadió que el chico sería tal vez un nuevo Saulo[49] para la Cristiandad.

—Lo que quiero yo es que aprenda a ajustarse los calzones, y que haga un buen mayoral de labranza —dijo el padre.

Rió la Jerónima para molestar al cura. Luego dijo:

—El chico será lo que tenga que ser. Cualquier cosa, menos cura.

Mosén Millán la miró extrañado:

—Qué bruta eres, Jerónima.

En aquel momento llegó alguien buscando a la ensalmadora[50]. Cuando ésta hubo salido, Mosén Millán se di-

---

[48]   Quieren decir que la Jerónima ha bebido más de la cuenta.

[49]   Apóstol de los gentiles, luego conocido como San Pablo, que amplió notablemente el ámbito de los primeros cristianos.

[50]   *ensalmadora:* persona que tenía por oficio componer los huesos dislocados o rotos. A veces se creía que podía curar con ensalmos.

rigió a la cuna del niño, levantó la almohada, y halló debajo un clavo y una pequeña llave formando cruz[51]. Los sacó, los entregó al padre, y dijo: «¿Usted ve?». Después rezó una oración. Repitió que el pequeño Paco, aunque fuera un día mayoral de labranza, era hijo espiritual suyo, y debía cuidar de su alma. Ya sabía que la Jerónima, con sus supersticiones, no podía hacer daño mayor, pero tampoco hacía ningún bien.

Mucho más tarde, cuando Paquito fue Paco, y salió de quintas[52], y cuando murió, y cuando Mosén Millán trataba de decir la misa de aniversario, vivía todavía la Jerónima, aunque era tan vieja, que decía tonterías, y no le hacían caso. El monaguillo de Mosén Millán estaba en la puerta de la sacristía, y sacaba la nariz de vez en cuando para fisgar[53] por la iglesia, y decir al cura:

—Todavía no ha venido nadie.

Alzaba las cejas el sacerdote pensando: no lo comprendo. Toda la aldea quería a Paco. Menos don Gumersindo, don Valeriano y tal vez el señor Cástulo Pérez. Pero de los sentimientos de este último nadie podía estar seguro[54]. El monaguillo también se hablaba a sí mismo diciéndose el romance de Paco:

> Las luces iban po'l[55] monte
> y las sombras por el saso[56]...

---

[51] Nuevos ejemplos de supersticiones.
[52] Cuando se liberó del servicio militar.
[53] *fisgar:* indagar.
[54] Recuérdese lo que se advirtió de Cástulo Pérez en la Introducción.
[55] *po'l :* contracción vulgar, por el.
[56] *saso:* llano, sembrado.

Mosén Millán cerró los ojos, y esperó. Recordaba algunos detalles nuevos de la infancia de Paco. Quería al muchacho, y el niño le quería a él, también. Los chicos y los animales quieren a quien los quiere.

A los seis años hacía *fuineta* [57], es decir, se escapaba ya de casa, y se unía con otros zagales. Entraba y salía por las cocinas de los vecinos. Los campesinos siguen el viejo proverbio: al hijo de tu vecino límpiale las narices y mételo en tu casa. Tendría Paco algo más de seis años cuando fue por primera vez a la escuela. La casa del cura estaba cerca, y el chico iba de tarde en tarde a verlo. El hecho de que fuera por voluntad propia conmovía al cura. Le daba al muchacho estampas de colores. Si al salir de casa del cura el chico encontraba al zapatero, éste le decía:

—Ya veo que eres muy amigo de Mosén Millán.

—¿Y usted no? —preguntaba el chico.

—¡Oh! —decía el zapatero, evasivo—. Los curas son la gente que se toma más trabajo en el mundo para no trabajar. Pero Mosén Millán es un santo.

Esto último lo decía con una veneración exagerada para que nadie pudiera pensar que hablaba en serio.

El pequeño Paco iba haciendo sus descubrimientos en la vida. Encontró un día al cura en la abadía cambiándose de sotana y al ver que debajo llevaba pantalones, se quedó extrañado y sin saber qué pensar.

Cuando veía Mosén Millán al padre de Paco le preguntaba por el niño empleando una expresión halagadora:

—¿Dónde está el heredero?

---

[57]   Otro término del catalán.

Tenía el padre de Paco un perro flaco y malcarado. Los labradores tratan a sus perros con indiferencia y crueldad, y es, sin duda, la razón por la que esos animales los adoran. A veces el perro acompañaba al chico a la escuela. Andaba a su lado sin zalemas y sin alegría, protegiéndolo con su sola presencia.

Paco andaba por entonces muy atareado tratando de convencer al perro de que el gato de la casa tenía también derecho a la vida. El perro no lo entendía así, y el pobre gato tuvo que escapar al campo. Cuando Paco quiso recuperarlo, su padre le dijo que era inútil porque las alimañas salvajes lo habrían matado ya. Los búhos no suelen tolerar que haya en el campo otros animales que puedan ver en la oscuridad, como ellos. Perseguían a los gatos, los mataban y se los comían. Desde que supo eso, la noche era para Paco misteriosa y temible, y cuando se acostaba aguzaba el oído queriendo oír los ruidos de fuera.

Si la noche era de los búhos, el día pertenecía a los chicos, y Paco, a los siete años, era bastante revoltoso. Sus preocupaciones y temores durante la noche no le impedían reñir al salir de la escuela.

Era ya por entonces una especie de monaguillo auxiliar o suplente. Entre los tesoros de los chicos de la aldea había un viejo revólver con el que especulaban de tal modo, que nunca estaba más de una semana en las mismas manos. Cuando por alguna razón —por haberlo ganado en juegos o cambalaches— lo tenía Paco, no se separaba de él, y mientras ayudaba a misa lo llevaba en el cinto bajo el roquete. Una vez, al cambiar el misal y hacer la genuflexión[58], resbaló el arma, y cayó en la tarima

---

[58]   *genuflexión:* acción y efecto de doblar la rodilla.

con un ruido enorme. Un momento quedó allí, y los dos monaguillos se abalanzaron sobre ella. Paco empujó al otro, y tomó su revólver. Se remangó la sotana, se lo guardó en la cintura, y respondió al sacerdote:

—*Et cum spiritu tuo* [59].

Terminó la misa, y Mosén Millán llamó a capítulo [60] a Paco, le riñó y le pidió el revólver. Entonces ya Paco lo había escondido detrás del altar. Mosén Millán registró al chico, y no le encontró nada. Paco se limitaba a negar, y no le habrían sacado de sus negativas todos los verdugos de la antigua Inquisición. Al final, Mosén Millán se dio por vencido, pero le preguntó:

—¿Para qué quieres ese revólver, Paco? ¿A quién quieres matar?

—A nadie.

Añadió que lo llevaba para evitar que lo usaran otros chicos peores que él. Este subterfugio [61] asombró al cura.

Mosén Millán se interesaba por Paco pensando que sus padres eran poco religiosos. Creía el sacerdote qué atrayendo al hijo, atraería tal vez al resto de la familia. Tenía Paco siete años cuando llegó el obispo, y confirmó a los chicos de la aldea. La figura del prelado, que era un anciano de cabello blanco y alta estatura, impresionó a Paco. Con su mitra [62], su capa pluvial [63] y el báculo [64] dorado,

---

[59]   *et cum spiritu tuo:* y con tu espíritu.
[60]   *llamar a capítulo:* pedir cuentas de los actos.
[61]   *subterfugio:* excusa.
[62]   *mitra:* toca alta y apuntada que usan obispos y arzobispos en ciertas solemnidades.
[63]   *capa pluvial:* capa que usan los mandatarios de la Iglesia en algunas celebraciones litúrgicas.
[64]   *báculo:* bastón que usan los obispos.

daba al niño la idea aproximada de lo que debía ser Dios en los cielos. Después de la confirmación habló el obispo con Paco en la sacristía. El obispo le llamaba *galopín*[65]. Nunca había oído Paco aquella palabra. El diálogo fue así:

—¿Quién es este galopín?

—Paco, para servir a Dios y a su ilustrísima.

El chico había sido aleccionado. El obispo, muy afable, seguía preguntándole:

—¿Qué quieres ser tú en la vida? ¿Cura?

—No, señor.

—¿General?

—No, señor, tampoco. Quiero ser labrador, como mi padre.

El obispo reía. Viendo Paco que tenía éxito, siguió hablando:

—Y tener tres pares de mulas, y salir con ellas por la calle mayor diciendo: ¡Tordillaaa Capitanaaa, oxiqué[66] me ca...!

Mosén Millán se asustó, y le hizo con la mano un gesto indicando que debía callarse. El obispo reía.

Aprovechando la emoción de aquella visita del obispo, Mosén Millán comenzó a preparar a Paco y a otros mozalbetes para la primera comunión, y al mismo tiempo decidió que era mejor hacerse cómplice de las pequeñas picardías de los muchachos que censor. Sabía que Paco tenía el revólver, y no había vuelto a hablarle de él.

Se sentía Paco seguro en la vida. El zapatero lo miraba a veces con cierta ironía —¿por qué?—, y el médico, cuando iba a su casa, le decía:

---

[65] *galopín:* muchacho, picaruelo.
[66] *oxiqué:* exclamación para arrear a las bestias.

—Hola, Cabarrús.

Casi todos los vecinos y amigos de la familia le guardaban a Paco algún secreto: la noticia del revólver, un cristal roto en una ventana, el hurto de algunos puñados de cerezas en un huerto. El más importante encubrimiento[67] era el de Mosén Millán.

Un día habló el cura con Paco de cosas difíciles porque Mosén Millán le enseñaba a hacer examen de conciencia desde el primer mandamiento hasta el décimo. Al llegar al sexto, el sacerdote vaciló un momento, y dijo, por fin:

—Pásalo por alto, porque tú no tienes pecados de esa clase todavía.

Paco estuvo cavilando, y supuso que debía referirse a la relación entre hombres y mujeres.

Iba Paco a menudo a la iglesia, aunque sólo ayudaba a misa cuando hacían falta dos monaguillos. En la época de Semana Santa descubrió grandes cosas. Durante aquellos días todo cambiaba en el templo. Las imágenes las tapaban con paños color violeta, el altar mayor quedaba oculto también detrás de un enorme lienzo malva, y una de las naves iba siendo transformada en un extraño lugar lleno de misterio. Era *el monumento*[68]. La parte anterior tenía acceso por una ancha escalinata cubierta de alfombra negra.

Al pie de esas escaleras, sobre un almohadón blanco de raso estaba acostado un crucifijo de metal cubierto con lienzo violeta, que formaba una figura romboidal so-

---

[67]   Adelanto del encubrimiento que no será capaz de mantener Mosén Millán: su escondite en las Pardinas.

[68]   *monumento:* pequeño altar que se compone para guardar, el Jueves Santo, el copón con las hostias consagradas que se utilizarán en los oficios del Viernes Santo.

bre los extremos de la Cruz. Por debajo del rombo asomaba la base, labrada. Los fieles se acercaban, se arro-
dillaban, y la besaban. Al lado una gran bandeja con dos
o tres monedas de plata y muchas más de cobre[69]. En las
sombras de la iglesia aquel lugar silencioso e iluminado,
con las escaleras llenas de candelabros y cirios encendi-
dos, daba a Paco una impresión de misterio.

Debajo del monumento, en un lugar invisible, dos
hombres tocaban en flautas de caña una melodía muy
triste. La melodía era corta y se repetía hasta el infinito
durante todo el día. Paco tenía sensaciones contradicto-
rias muy fuertes.

Durante el Jueves y el Viernes Santo no sonaban las
campanas de la torre. En su lugar se oían las matracas[70].
En la bóveda del campanario había dos enormes cilindros
de madera cubiertos de hileras de mazos. Al girar el cilin-
dro, los mazos golpeaban sobre la madera hueca. Toda
aquella maquinaria estaba encima de las campanas, y tenía
un eje empotrado en dos muros opuestos del campanario,
y engrasado con pez. Esas gigantescas matracas producían
un rumor de huesos agitados. Los monaguillos tenían dos
matraquitas de mano, y las hacían sonar al alzar[71] en la
misa. Paco miraba y oía todo aquello asombrado.

Le intrigaban sobre todo las estatuas que se veían a los
dos lados del monumento. Éste parecía el interior de una
inmensa cámara fotográfica con el fuelle extendido. La

---

[69] Señal de que quienes han dejado la mayoría de las limosnas son
los pobres, no los ricos del lugar.

[70] *matraca:* instrumento de madera compuesto de un tablero y una o
más aldabas o mazos, que, al sacudirlo, produce ruido desapacible.

[71] *alzar:* elevar la hostia el sacerdote inmediatamente después de la
consagración.

turbación de Paco procedía del hecho de haber visto aquellas imágenes polvorientas y desnarigadas en un desván del templo donde amontonaban los trastos viejos. Había también allí piernas de cristos desprendidas de los cuerpos, estatuas de mártires desnudos y sufrientes. Cabezas de *ecce homos* [72] lacrimosos, paños de verónicas [73] colgados del muro, trípodes [74] hechos con listones de madera que tenían un busto de mujer en lo alto, y que, cubiertos por un manto en forma cónica, se convertían en Nuestra Señora de los Desamparados.

El otro monaguillo —cuando estaban los dos en el desván— exageraba su familiaridad con aquellas figuras. Se ponía a caballo de uno de los apóstoles, en cuya cabeza golpeaba con los nudillos para ver —decía— si había ratones; le ponía a otro un papelito arrollado en la boca como si estuviera fumando, iba al lado de San Sebastián [75] y le arrancaba los dardos del pecho para volvérselos a poner, cruelmente. Y en un rincón se veía el túmulo funeral que se usaba en las misas de difuntos. Cubierto de paños negros goteados de cera mostraba en los cuatro lados una calavera y dos tibias cruzadas. Era un lugar dentro del cual se escondía el otro acólito [76], a veces, y cantaba cosas irreverentes.

El Sábado de Gloria, por la mañana, los chicos iban a la iglesia llevando pequeños mazos de madera que te-

---

[72]   *ecce homos:* imágenes de Cristo tal como lo presentó Pilatos al pueblo.
[73]   *verónicas:* telas con la cara de Jesús impresa.
[74]   *trípode*: armazón de tres pies para sostener instrumentos, estatuas, etcétera.
[75]   San Sebastián fue martirizado disparándole numerosas flechas.
[76]   *acólito:* monaguillo.

nían guardados todo el año para aquel fin. Iban —quién iba a suponerlo— a matar judíos. Para evitar que rompieran los bancos, Mosén Millán hacía poner el día anterior tres largos maderos derribados cerca del atrio. Se suponía que los judíos estaban dentro, lo que no era para las imaginaciones infantiles demasiado suponer. Los chicos se sentaban detrás y esperaban. Al decir el cura en los oficios la palabra *resurrexit*[77], comenzaban a golpear produciendo un fragor escandaloso, que duraba hasta el canto del *aleluya* y el primer volteo de campanas.

Salía Paco de la Semana Santa como convaleciente de una enfermedad. Los oficios habían sido sensacionales, y tenían nombres extraños: las *tinieblas,* el sermón de *las siete palabras,* y del *beso de* Judas, el de los *velos rasgados*[78]. El Sábado de Gloria solía ser como la reconquista de la luz y la alegría. Mientras volteaban las campanas en la torre —después del silencio de tres días— la Jerónima cogía piedrecitas en la glera del río porque decía que poniéndoselas en la boca aliviarían el dolor de muelas[79].

Paco iba entonces a la casa del cura en grupo con otros chicos, que se preparaban también para la primera comunión. El cura los instruía y les aconsejaba que en aquellos días no hicieran diabluras. No debían pelear ni ir al lavadero público[80], donde las mujeres hablaban demasiado libremente.

---

[77]   *resurrexit*: resucitó (Jesucristo).
[78]   Los acontecimientos más llamativos de la Semana Santa.
[79]   Otra superstición de la curandera.
[80]   Plaza pública donde las mujeres van a lavar, pero también zona de reunión donde se sacan a colación los dimes y diretes de la villa. La misma función ejerce el torrente donde están las lavanderas de *Yerma* en el cuadro primero del segundo acto comentando las cosas del pueblo.

Los chicos sentían desde entonces una curiosidad más viva, y si pasaban cerca del lavadero aguzaban el oído. Hablando los chicos entre sí, de la comunión, inventaban peligros extraños y decían que al comulgar era necesario abrir mucho la boca, porque si la hostia tocaba en los dientes, el comulgante caía muerto, y se iba derecho al infierno.

Un día, Mosén Millán pidió al monaguillo que le acompañara a llevar la extremaunción[81] a un enfermo grave. Fueron a las afueras del pueblo, donde ya no había casas, y la gente vivía en unas cuevas abiertas en la roca[82]. Se entraba en ellas por un agujero rectangular que tenía alrededor una cenefa encalada.

Paco llevaba colgada del hombro una bolsa de terciopelo donde el cura había puesto los objetos litúrgicos. Entraron bajando la cabeza y pisando con cuidado. Había dentro dos cuartos con el suelo de losas de piedra mal ajustadas. Estaba ya oscureciendo, y en el cuarto primero no había luz. En el segundo se veía sólo una lamparilla de aceite. Una anciana, vestida de harapos, los recibió con un cabo de vela encendido. El techo de roca era muy bajo, y aunque se podía estar de pie, el sacerdote bajaba la cabeza por precaución. No había otra ventilación que la de la puerta exterior. La anciana tenía los ojos secos y una expresión de fatiga y de espanto frío[83].

---

[81]   *extremaunción:* unción de enfermos, sacramento que se administra a los enfermos graves, pero también a los que acaban de morir. A Paco, recién asesinado, se lo administrará Mosén Millán.

[82]   También viven en lugares semejantes algunos personajes de *Bodas de sangre* de Lorca, que se fijaría en cuevas así de la zona de Purullena y Guadix en Granada.

[83]   La expresión de la anciana es un adelanto de la muerte que se acerca.

En un rincón había un camastro de tablas, y en él estaba el enfermo. El cura no dijo nada, la mujer tampoco. Sólo se oía un ronquido regular, bronco y persistente, que salía del pecho del enfermo. Paco abrió la bolsa, y el sacerdote, después de ponerse la estola[84], fue sacando trocitos de estopa y una pequeña vasija con aceite, y comenzó a rezar en latín. La anciana escuchaba con la vista en el suelo y el cabo de vela en la mano. La silueta del enfermo —que tenía el pecho muy levantado y la cabeza muy baja— se proyectaba en el muro, y el más pequeño movimiento del cirio hacía moverse la sombra.

Descubrió el sacerdote los pies del enfermo. Eran grandes, secos, resquebrajados. Pies de labrador. Después fue a la cabecera. Se veía que el agonizante ponía toda la energía que le quedaba en aquella horrible tarea de respirar. Los estertores eran más broncos y más frecuentes. Paco veía dos o tres moscas[85] que revoloteaban sobre la cara del enfermo, y que a la luz tenían reflejos de metal. Mosén Millán hizo las unciones en los ojos, en la nariz, en los pies. El enfermo no se daba cuenta. Cuando terminó el sacerdote, dijo a la mujer:

—Dios lo acoja en su seno.

La anciana callaba. Le temblaba a veces la barba, y en aquel temblor se percibía el hueso de la mandíbula debajo de la piel. Paco seguía mirando alrededor. No había luz, ni agua, ni fuego.

---

[84]   *estola:* ornamento sagrado consistente en una banda de tela de unos dos metros de largo con tres cruces: una en el medio y las otras en los extremos.
[85]   Otra señal de la proximidad de la muerte.

Mosén Millán tenía prisa por salir, pero lo disimulaba porque aquella prisa le parecía poco cristiana. Cuando salieron, la mujer los acompañó hasta la puerta con el cirio encendido. No se veían por allí más muebles que una silla desnivelada apoyada contra el muro. En el cuarto exterior, en un rincón y en el suelo había tres piedras ahumadas y un poco de ceniza fría. En una estaca clavada en el muro, una chaqueta vieja. El sacerdote parecía ir a decir algo, pero se calló[86]. Salieron.

Era ya de noche, y en lo alto se veían las estrellas. Paco preguntó:

—¿Esa gente es pobre, Mosén Millán?

—Sí, hijo.

—¿Muy pobre?

—Mucho.

—¿La más pobre del pueblo?

—Quién sabe, pero hay cosas peores que la pobreza. Son desgraciados por otras razones.

El monaguillo veía que el sacerdote contestaba con desgana.

—¿Por qué? —preguntó.

—Tienen un hijo que podría ayudarles, pero he oído decir que está en la cárcel.

—¿Ha matado a alguno?

—Yo no sé, pero no me extrañaría.

Paco no podía estar callado. Caminaba a oscuras por terreno desigual. Recordando al enfermo el monaguillo dijo:

—Se está muriendo porque no puede respirar. Y ahora nos vamos, y se queda allí solo.

---

[86] Mosén Millán no se atreve a encararse con la pobreza.

Caminaban. Mosén Millán parecía muy fatigado. Paco añadió:

—Bueno, con su mujer. Menos mal.

Hasta las primeras casas había un buen trecho. Mosén Millán dijo al chico que su compasión era virtuosa y que tenía buen corazón. El chico preguntó aún si no iba nadie a verlos porque eran pobres o porque tenían un hijo en la cárcel y Mosén Millán queriendo cortar el diálogo aseguró que de un momento a otro el agonizante moriría y subiría al cielo donde sería feliz. El chico miró las estrellas.

—Su hijo no debe ser muy malo, padre Millán.

—¿Por qué?

—Si fuera malo, sus padres tendrían dinero. Robaría.

El cura no quiso responder. Y seguían andando.

Paco se sentía feliz yendo con el cura.

Ser su amigo le daba autoridad aunque no podría decir en qué forma. Siguieron andando sin volver a hablar, pero al llegar a la iglesia Paco repitió una vez más:

—¿Por qué no va a verlo nadie, Mosén Millán?

—¿Qué importa eso, Paco? El que se muere, rico o pobre, siempre está solo aunque vayan los demás a verlo. La vida es así y Dios que la ha hecho sabe por qué.

Paco recordaba que el enfermo no decía nada. La mujer tampoco. Además el enfermo tenía los pies de madera [87] como los de los crucifijos rotos y abandonados en el desván.

El sacerdote guardaba la bolsa de los óleos. Paco dijo que iba a avisar a los vecinos para que fueran a ver al enfermo y ayudar a su mujer. Iría de parte de Mosén Millán

---

[87]   Ejemplo de cosificación.

y así nadie se negaría. El cura le advirtió que lo mejor que podía hacer era ir a su casa. Cuando Dios permite la pobreza y el dolor —dijo— es por algo.

—¿Qué puedes hacer tú [88]? —añadió—. Esas cuevas que has visto son miserables pero las hay peores en otros pueblos.

Medio convencido, Paco se fue a su casa, pero durante la cena habló dos o tres veces más del agonizante y dijo que en su choza no tenían ni siquiera un poco de leña para hacer fuego. Los padres callaban. La madre iba y venía. Paco decía que el pobre hombre que se moría no tenía siquiera un colchón porque estaba acostado sobre tablas. El padre dejó de cortar pan y lo miró.

—Es la última vez —dijo— que vas con Mosén Millán a dar la unción a nadie.

Todavía el chico habló de que el enfermo tenía un hijo presidiario, pero que no era culpa del padre.

—Ni del hijo tampoco.

Paco estuvo esperando que el padre dijera algo más, pero se puso a hablar de otras cosas.

Como en todas las aldeas, había un lugar en las afueras que los campesinos llamaban *el carasol* [89], en la base de una cortina de rocas que daban al mediodía. Era caliente en invierno y fresco en verano. Allí iban las mujeres más pobres —generalmente ya viejas— y cosían, hilaban, charlaban de lo que sucedía en el mundo.

---

[88]   Con esta expresión, en realidad el sacerdote está trasladando al chico su propia debilidad e inoperancia: ¿qué puedo hacer yo? La repetirá cuando Paco le pide cuentas al final de la obra.

[89]   Ejerce idéntica función que el lavadero o plaza del agua, pero en este lugar da el sol en invierno, y no existe la humedad del lavadero, motivo por el cual las mujeres mayores están a sus anchas.

Durante el invierno aquel lugar estaba siempre concurrido. Alguna vieja peinaba a su nieta. La Jerónima, en el carasol, estaba siempre alegre, y su alegría contagiaba a las otras. A veces, sin más ni más, y cuando el carasol estaba aburrido, se ponía ella a bailar sola, siguiendo el compás de las campanas[90] de la iglesia.

Fue ella quien llevó la noticia de la piedad de Paco por la familia agonizante, y habló de la resistencia de Mosén Millán a darles ayuda —esto muy exagerado para hacer efecto— y de la prohibición del padre del chico. Según ella, el padre había dicho a Mosén Millán:

—¿Quién es usted para llevarse al chico a dar la unción?

Era mentira, pero en el carasol creían todo lo que la Jerónima decía. Ésta hablaba con respeto de mucha gente, pero no de las familias de don Valeriano y de don Gumersindo.

Veintitrés años después, Mosén Millán recordaba aquellos hechos, y suspiraba bajo sus ropas talares[91], esperando con la cabeza apoyada en el muro —en el lugar de la mancha oscura— el momento de comenzar la misa. Pensaba que aquella visita de Paco a la cueva influyó mucho en todo lo que había de sucederle después. «Y vino conmigo. Yo lo llevé», añadía un poco perplejo. El monaguillo entraba en la sacristía y decía:

—Aún no ha venido nadie, Mosén Millán.

Lo repitió porque con los ojos cerrados, el cura parecía no oírle. Y recitaba para sí el monaguillo otras partes del romance a medida que las recordaba:

---

[90] Recuérdese lo que se dijo sobre la música en la Introducción.
[91] La sotana, la casulla, etc.

    ... Lo buscaban en los montes,
    pero no lo han encontrado;
    a su casa iban con perros
    pa que tomen el olfato;
    ya ventean, ya ventean [92]
    las ropas viejas de Paco.

Se oían aún las campanas. Mosén Millán volvía a recordar a Paco. «Parece que era ayer cuando tomó la primera comunión». Poco después el chico se puso a crecer, y en tres o cuatro años se hizo casi tan grande como su padre. La gente, que hasta entonces lo llamaba Paquito, comenzó a llamarlo Paco el del Molino. El bisabuelo había tenido un molino que ya no molía, y que empleaban para almacén de grano. Tenía también allí un pequeño rebaño de cabras [93]. Una vez, cuando parieron las cabras, Paco le llevó a Mosén Millán un cabritillo, que quedó triscando por el huerto de la abadía.

Poco a poco se fue alejando el muchacho de Mosén Millán. Casi nunca lo encontraba en la calle, y no tenía tiempo para ir ex profeso a verlo. Los domingos iba a misa —en verano faltaba alguna vez—, y para Pascua confesaba y comulgaba [94], cada año.

Aunque imberbe aún, el chico imitaba las maneras de los adultos. No sólo iba sin cuidado al lavadero y escuchaba los diálogos de las mozas, sino que a veces ellas le

---

[92] *ventear:* tomar el viento con el olfato, olfatear una prenda.

[93] Recuerda tal vez a Miguel Hernández, que ejercía idéntica función cuando niño.

[94] Cumpliendo así dos de los cinco mandamiento de la Santa Madre Iglesia: «Confesar al menos una vez al año», «comulgar por Pascua florida».

decían picardías y crudezas, y él respondía bravamente. El lugar a donde iban a lavar las mozas se llamaba la plaza del agua [95], y era, efectivamente, una gran plaza ocupada en sus dos terceras partes por un estanque bastante profundo. En las tardes calientes del verano algunos mozos iban a nadar allí completamente en cueros. Las lavanderas parecían escandalizarse, pero sólo de labios afuera. Sus gritos, sus risas y las frases que cambiaban con los mozos mientras en la alta torre crotoraban [96] las cigüeñas, revelaban una alegría primitiva.

Paco el del Molino fue una tarde allí a nadar, y durante más de dos horas se exhibió a gusto entre las bromas de las lavanderas. Le decían palabras provocativas, insultos femeninos de intención halagadora, y aquello fue como la iniciación en la vida de los mozos solteros. Después de aquel incidente, sus padres le dejaban salir de noche y volver cuando ya estaban acostados.

A veces Paco hablaba con su padre sobre cuestiones de hacienda familiar. Un día tuvieron una conversación sobre materia tan importante como los arrendamientos de pastos en el monte y lo que esos arrendamientos les costaban. Pagaban cada año una suma regular a un viejo duque que nunca había estado en la aldea, y que percibía aquellas rentas de los campesinos de cinco pueblos vecinos. Paco creía que aquello no era cabal.

—Si es cabal o no, pregúntaselo a Mosén Millán, que es amigo de don Valeriano, el administrador del duque. Anda y verás con lo que te sale.

Ingenuamente Paco se lo preguntó al cura, y éste dijo:

---

[95] Véase nota 89.
[96] *crotorar:* producir ruido con el pico la cigüeña.

—¡Qué te importa a ti eso, Paco!

Paco se atrevió a decirle —lo había oído a su padre—
que había gente en el pueblo que vivía peor que los animales, y que se podía hacer algo para remediar aquella
miseria.

—¿Qué miseria? —dijo Mosén Millán—. Todavía hay
más miseria en otras partes que aquí.

Luego le reprendió ásperamente por ir a nadar a la
plaza del agua delante de las lavanderas. En eso Paco
tuvo que callarse.

El muchacho iba adquiriendo gravedad y solidez. Los
domingos en la tarde, con el pantalón nuevo de pana, la
camisa blanca y el chaleco rameado [97] y florido, iba a jugar a las *birlas* (a los bolos). Desde la abadía, Mosén Millán, leyendo su breviario, oía el ruido de las birlas cho-
cando entre sí y las monedas de cobre cayendo al suelo,
donde las dejaban los mozos para sus apuestas. A veces
se asomaba al balcón. Veía a Paco tan crecido, y se decía: «Ahí está. Parece que fue ayer cuando lo bauticé».

Pensaba el cura con tristeza que cuando aquellos chicos crecían, se alejaban de la iglesia, pero volvían a acercarse al llegar a la vejez por la amenaza de la muerte. En
el caso de Paco la muerte llegó mucho antes que la vejez,
y Mosén Millán lo recordaba en la sacristía profunda-
mente abstraído mientras esperaba el momento de comenzar la misa. Sonaban todavía las campanas en la torre.
El monaguillo dijo, de pronto:

—Mosén Millán, acaba de entrar en la iglesia don Valeriano.

---

[97]   *rameado:* con dibujos de ramas.

El cura seguía con los ojos cerrados y la cabeza apoyada en el muro. El monaguillo recordaba aún el romance:

> ... en la Pardina[98] del monte
> allí encontraron a Paco;
> date date a la justicia,
> o aquí mismo te matamos.

Pero don Valeriano se asomaba ya a la sacristía. «Con permiso», dijo. Vestía como los señores de la ciudad, pero en el chaleco llevaba más botones que de ordinario, y una gruesa cadena de oro con varios dijes[99] colgando que sonaban al andar. Tenía don Valeriano la frente estrecha y los ojos huidizos. El bigote caía por los lados, de modo que cubría las comisuras de la boca. Cuando hablaba de dar dinero usaba la palabra *desembolso,* que le parecía distinguida. Al ver que Mosén Millán seguía con los ojos cerrados sin hacerle caso, se sentó y dijo:

—Mosén Millán, el último domingo dijo usted en el púlpito que había que olvidar. Olvidar no es fácil, pero aquí estoy el primero.

El cura afirmó con la cabeza sin abrir los ojos. Don Valeriano, dejando el sombrero en una silla, añadió:

—Yo la pago, la misa, salvo mejor parecer. Dígame lo que vale y como ésos.

Negó el cura con la cabeza y siguió con los ojos cerrados. Recordaba que don Valeriano fue uno de los

---

[98]   *pardina:* parte baja del monte, puede haber algún establo donde guardar el ganado.
[99]   Señales externas de riqueza, que se vieron en la Introducción.

que más influyeron en el desgraciado fin de Paco. Era administrador del duque, y, además, tenía tierras propias. Don Valeriano, satisfecho de sí, como siempre, volvía a hablar:

—Ya digo, fuera malquerencias [100]. En esto soy como mi difunto padre.

Mosén Millán oía en su recuerdo la voz de Paco. Pensaba en el día que se casó. No se casó Paco a ciegas, como otros mozos, en una explosión temprana de deseo. Las cosas se hicieron despacio y bien. En primer lugar, la familia de Paco estaba preocupada por las quintas [101]. La probabilidad de que, sacando un número bajo, tuviera que ir al servicio militar los desvelaba a todos. La madre de Paco habló con el cura, y éste aconsejó pedir el favor a Dios y merecerlo con actos edificantes.

La madre propuso a su hijo que al llegar la Semana Santa fuera en la procesión del Viernes con un hábito de penitente, como hacían otros, arrastrando con los pies descalzos dos cadenas atadas a los tobillos. Paco se negó. En años anteriores había visto a aquellos penitentes. Las cadenas que llevaban atadas a los pies tenían, al menos, seis metros de largas, y sonaban sobre las losas o la tierra apelmazada de un modo bronco y terrible. Algunos expiaban así quién sabe qué pecados, y llevaban la cara descubierta por orden del cura, para que todos los vieran. Otros iban simplemente a pedir algún don, y preferían cubrirse el rostro.

Cuando la procesión volvía a la iglesia, al oscurecer, los penitentes sangraban por los tobillos, y al hacer

---

[100] *malquerencia:* mala voluntad.
[101] *quintas:* servicio militar. Véase nota 52.

avanzar cada pie recogían el cuerpo sobre el lado contrario y se inclinaban como bestias cansinas. Las canciones de las beatas sobre aquel rumor de hierros producían un contraste muy raro. Y cuando los penitentes entraban en el templo el ruido de las cadenas resonaba más, bajo las bóvedas. Entretanto, en la torre sonaban las matracas.

Paco recordaba que los penitentes viejos llevaban siempre la cara descubierta. Las mujerucas, al verlos pasar, decían en voz baja cosas tremendas.

—Mira —decía la Jerónima—. Ahí va Juan el del callejón de Santa Ana, el que robó a la viuda del sastre.

El penitente sudaba y arrastraba sus cadenas. Otras mujeres se llevaban la mano a la boca, y decían:

—Ése, Juan el de las vacas, es el que echó a su madre polvos de solimán [102] pa' heredarla.

El padre de Paco, tan indiferente a las cosas de religión, había decidido atarse las cadenas a los tobillos. Se cubrió con el hábito negro y la capucha y se ciñó a la cintura el cordón blanco. Mosén Millán no podía comprender, y dijo a Paco:

—No tiene mérito lo de tu padre porque lo hace para no tener que apalabrar un mayoral en el caso de que tú tengas que ir al servicio.

Paco repitió aquellas palabras a su padre, y él, que todavía se curaba con sal y vinagre las lesiones de los tobillos, exclamó:

—Veo que a Mosén Millán le gusta hablar más de la cuenta.

---

[102]   Elemento corrosivo derivado del mercurio, altamente venenoso, pues; hoy en desuso.

Por una razón u otra, el hecho fue que Paco sacó en el sorteo uno de los números más altos, y que la alegría desbordaba en el hogar, y tenían que disimularla en la calle para no herir con ella a los que habían sacado números bajos.

Lo mejor de la novia de Paco, según los aldeanos, era su diligencia y laboriosidad. Por dos años antes de ser novios, Paco había pasado día tras día al ir al campo frente a la casa de la chica. Aunque era la primera hora del alba, las ropas de cama estaban ya colgadas en las ventanas, y la calle no sólo barrida y limpia, sino regada y fresca en verano [103]. A veces veía también Paco a la muchacha. La saludaba al pasar, y ella respondía. A lo largo de dos años el saludo fue haciéndose un poco más expresivo. Luego cambiaron palabras sobre cosas del campo. En febrero, por ejemplo, ella preguntaba:

—¿Has visto ya las cotovías [104]?

—No, pero no tardarán —respondía Paco— porque ya comienza a florecer la aliaga [105].

Algún día, con el temor de no hallarla en la puerta o en la ventana antes de llegar, se hacía Paco presente dando voces a las mulas y, si aquello no bastaba, cantando [106]. Hacia la mitad del segundo año, ella —que se llamaba Águeda— lo miraba ya de frente, y le sonreía.

---

[103] Detalles de la diligencia y limpieza de la muchacha.

[104] *cotovía*: cogujada; ave pariente de la alondra; su aparición coincide con la llegada del buen tiempo en aquellos parajes.

[105] *aliaga:* planta espinosa, de la familia de las papilionáceas, con flores amarillas.

[106] Los detalles de la familiaridad se advierten en el tono creciente de los saludos, que llegan al grito y al canto. El noviazgo se formaliza desde el momento en que forman pareja exclusiva de baile.

Cuando había baile iba con su madre y sólo bailaba con Paco.

Más tarde hubo un incidente bastante sonado. Una noche el alcalde prohibió rondar al saber que había tres rondallas [107] diferentes y rivales, y que podrían producirse violencias. A pesar de la prohibición salió Paco con los suyos, y la pareja de la guardia civil disolvió la ronda, y lo detuvo a él. Lo llevaban *a dormir a la cárcel,* pero Paco echó mano a los fusiles de los guardias y se los quitó. La verdad era que los guardias no podían esperar de Paco —amigo de ellos— una salida así. Paco se fue con los dos rifles a casa. Al día siguiente todo el pueblo sabía lo ocurrido, y Mosén Millán fue a ver al mozo, y le dijo que el hecho era grave, y no sólo para él, sino para todo el vecindario.

—¿Por qué? —preguntaba Paco.

Recordaba Mosén Millán que había habido un caso parecido en otro pueblo, y que el Gobierno condenó al municipio a estar sin guardia civil durante diez años.

—¿Te das cuenta? —le decía el cura, asustado.

—A mí no me importa estar sin guardia civil.

—No seas badulaque [108].

—Digo la verdad, Mosén Millán.

—¿Pero tú crees que sin guardia civil se podría sujetar a la gente [109]? Hay mucha maldad en el mundo.

—No lo creo.

---

[107]   La música va unida a la juventud y a la felicidad. Rondar a la novia era algo muy frecuente a finales del XIX y en buena parte del siglo XX.

[108]   *badulaque:* persona necia, inconsistente.

[109]   Un adelanto de lo que ocurrirá cuando la guardia civil se vaya del pueblo y lleguen los forasteros.

—¿Y la gente de las cuevas?

—En lugar de traer guardia civil, se podían quitar las cuevas, Mosén Millán.

—Iluso. Eres un iluso.

Entre bromas y veras el alcalde recuperó los fusiles y echó tierra al asunto. Aquel incidente dio a Paco cierta fama de mozo atrevido. A Águeda le gustaba, pero le daba una inseguridad temerosa.

Por fin, Águeda y Paco se dieron palabra de matrimonio. La novia tenía más nervio que su suegra, y aunque se mostraba humilde y respetuosa, no se entendían bien. Solía decir la madre de Paco:

—Agua mansa. Ten cuidado, hijo, que es agua mansa.

Pero Paco lo echaba a broma. Celos de madre. Como todos los novios, rondó [110] la calle por la noche, y la víspera de San Juan llenó de flores y ramos verdes las ventanas, la puerta, el tejado y hasta la chimenea de la casa de la novia.

La boda fue como todos esperaban. Gran comida, música y baile. Antes de la ceremonia muchas camisas blancas estaban ya manchadas de vino al obstinarse los campesinos en beber en bota. Las esposas protestaban, y ellos decían riendo que había que emborrachar [111] las camisas para darlas después a los pobres. Con esa expresión —darlas a los pobres— se hacían la ilusión de que ellos no lo eran.

Durante la ceremonia, Mosén Millán hizo a los novios una plática. Le recordó a Paco que lo había bautizado y

---

[110]   Véase nota 107. Recuérdese lo que se dijo sobre la música en la Introducción.

[111]   *emborrachar:* manchar de vino las camisas, señal de que han bebido mucho de la bota. Curioso ejemplo de personificación.

confirmado, y dado la primera comunión. Sabiendo que los dos novios eran tibios en materia de religión, les recordaba también que la iglesia era la madre común y la fuente no sólo de la vida temporal, sino de la vida eterna. Como siempre, en las bodas algunas mujeres lloraban y se sonaban ruidosamente.

Mosén Millán dijo otras muchas cosas, y la última fue la siguiente: «Este humilde ministro del Señor ha bendecido vuestro lecho natal, bendice en este momento vuestro lecho nupcial —hizo en el aire la señal de la Cruz—, y bendecirá vuestro lecho mortal, si Dios lo dispone así. *In nomine Patris et Filii...*» [112].

Eso del lecho mortal le pareció a Paco que no venía al caso. Recordó un instante los estertores de aquel pobre hombre a quien llevó la unción siendo niño. (Era el único lecho mortal que había visto). Pero el día no era para tristezas.

Terminada la ceremonia salieron. A la puerta les esperaba una rondalla de más de quince músicos con guitarras, bandurrias, requintos [113], hierros [114] y panderetas, que comenzó a tocar rabiosamente. En la torre, el cimbal [115] más pequeño volteaba.

Una mozuela decía viendo pasar la boda, con un cántaro en el anca:

—¡Todas se casan, y yo, mira!

La comitiva fue a la casa del novio. Las consuegras iban lloriqueando aún. Mosén Millán, en la sacristía, se

---

[112] *In nomine Patris et Filii:* en el nombre del Padre y del Hijo.
[113] *requinto:* clarinete pequeño y de tono agudo.
[114] *hierro:* triángulo.
[115] *cimbal:* campana pequeña.

desvistió de prisa para ir cuanto antes a participar de la fiesta. Cerca de la casa del novio encontró al zapatero, vestido de gala. Era pequeño, y como casi todos los del oficio, tenía anchas caderas[116]. Mosén Millán, que tuteaba a todo el mundo, lo trataba a él de usted[117]. Le preguntó si había estado en la casa de Dios.

—Mire, Mosén Millán. Si aquello es la casa de Dios, yo no merezco estar allí, y si no lo es, ¿para qué?

El zapatero encontró todavía antes de separarse del cura un momento para decirle algo de veras extravagante. Le dijo que sabía de buena tinta que en Madrid el rey se tambaleaba[118], y que si caía, muchas cosas iban a caer con él. Como el zapatero olía a vino, el cura no le hizo mucho caso. El zapatero repetía con una rara alegría:

—En Madrid pintan bastos[119], señor cura.

Podía haber algo de verdad, pero el zapatero hablaba fácilmente. Sólo había una persona que en eso se le pudiera igualar: la Jerónima.

Era el zapatero como un viejo gato, ni amigo ni enemigo de nadie, aunque con todos hablaba. Mosén Millán recordaba que el periódico[120] de la capital de la provin-

---

[116] Sin duda, porque lleva toda la vida trabajando sentado.

[117] Señal de respeto hacia el zapatero, pero también de distanciamiento.

[118] La imagen es muy plástica. Se refiere a los acontecimientos de los últimos momentos previos a las elecciones del 12 de abril de 1931. Se está cuestionando vivamente la monarquía.

[119] *pintan bastos:* ponerse muy tensa determinada situación. E. Carratalá, *Gran Diccionario de frases hechas,* Barcelona, Spes, 2001, pág. 577.

[120] El sacerdote lee el periódico, que llega hasta la pequeña aldea, que no debe serlo tanto, pues dispone de casi todo lo que necesita para autoabastecerse.

cia no disimulaba su alarma ante lo que pasaba en Madrid. Y no sabía qué pensar.

Veía el cura a los novios solemnes, a los invitados jóvenes ruidosos, y a los viejos discretamente alegres. Pero no dejaba de pensar en las palabras del zapatero. Éste se había puesto, según dijo, el traje que llevó en su misma boda, y por eso olía a alcanfor. A su alrededor se agrupaban seis u ocho invitados, los menos adictos a la parroquia [121]. Debía estar hablándoles —pensaba Mosén Millán— de la próxima caída del rey [122] y de que en Madrid *pintaban bastos.*

Comenzaron a servir vino. En una mesa había pimientos en adobo, hígado de pollo y rabanitos en vinagre para abrir el apetito. El zapatero se servía mientras elegía entre las botellas que había al lado. La madre del novio le dijo indicándole una:

—Este vino es de los que raspan [123].

En la sala de al lado estaban las mesas. En la cocina, la Jerónima arrastraba su pata [124] reumática.

Era ya vieja, pero hacía reír a la gente joven:

—No me dejan salir de la cocina —decía— porque tienen miedo de que con mi aliento agrie el vino. Pero me da igual. En la cocina está lo bueno. Yo también sé vivir. No me casé, pero por detrás de la iglesia tuve todos los hombres que se me antojaban. Soltera, soltera, pero con la llave en la gatera [125].

---

[121] Se agrupan, pues, por afinidades de pensamiento.
[122] El rey abandonó el palacio real el 14 de abril de 1931.
[123] *raspar:* picar el vino al paladar, un vino áspero, por tanto.
[124] Ejemplo de cosificación. Es *pata* porque se trata de una pierna en malas condiciones.
[125] Recuérdese lo que se dijo sobre la Jerónima en la Introducción. El refrán es de clara intención sexual.

Las chicas reían escandalizadas.

Entraba en la casa el señor Cástulo Pérez. Su presencia causó sensación porque no lo esperaban. Llegaba con dos floreros de porcelana envueltos en papel y cuidadosamente atados con una cinta. «No sé qué es esto —dijo dándoselos a la madre de la novia—. Cosas de la dueña [126]». Al ver al cura se le acercó:

—Mosén Millán, parece que en Madrid van a darle la vuelta a la tortilla [127].

Del zapatero se podía dudar, pero refrendado por el señor Cástulo, no. Y éste, que era hombre prudente, buscaba, al parecer, el arrimo de Paco el del Molino. ¿Con qué fin? Había oído el cura hablar de elecciones. A las preguntas del cura, el señor Cástulo decía evasivo: «Un *runrún* [128] que corre». Luego, dirigiéndose al padre del novio, gritó con alegría:

—Lo importante no es si ponen o quitan rey [129], sino saber si la rosada [130] mantiene el tempero [131] de las viñas. Y si no, que lo diga Paco.

---

[126] La dueña no es otra que su mujer, que recibe el mote de la «Cástula».

[127] Cambiar de signo político tras derrocar al rey.

[128] *runrún:* una voz, un comentario que se extiende entre el público.

[129] Expresión que se ha hecho proverbial. Se refiere a una supuesta expresión del francés Du Guesclín que luchaba al lado de Enrique de Trastámara contra Pedro I de Castilla. Parece ser que hubo una lucha cuerpo a cuerpo entre los dos grandes personajes, pero cuando Pedro tenía a su merced a su hermanastro, Du Guesclín le dio la vuelta, pronunciando esa famosa frase: «yo ni quito ni pongo rey, sólo sirvo a mi señor». El regicidio se consumó y se instauró en el reino de Castilla una nueva dinastía, la de los Trastámara.

[130] *rosada:* rociada o escarcha.

[131] *tempero:* la buena disposición de la tierra para las sementeras y labores.

—Bien que le importan a Paco las viñas en un día como hoy —dijo alguien.

Con sus apariencias simples, el señor Cástulo era un carácter fuerte. Se veía en sus ojos fríos y escrutadores. Al dirigirse al cura antes de decir lo que se proponía hacía un preámbulo: «Con los respetos debidos...». Pero se veía que esos respetos no eran muchos.

Iban llegando nuevos invitados y parecían estar ya todos.

Sin darse cuenta habían ido situándose por jerarquías sociales [132]. Todos de pie, menos el sacerdote, se alineaban contra el muro, alrededor de la sala. La importancia de cada cual —según las propiedades que tenía— determinaba su proximidad o alejamiento de la cabecera [133] del cuarto en donde había dos mecedoras y una vitrina con mantones de Manila y abanicos de nácar, de los que la familia estaba orgullosa.

Al lado, en una mecedora, Mosén Millán. Cerca, los novios, de pie, recibiendo los parabienes de los que llegaban, y tratando con el dueño del único automóvil de alquiler que había en la aldea el precio del viaje hasta la estación del ferrocarril. El dueño del coche, que tenía la contrata del servicio de correos, decía que le prohibían llevar al mismo tiempo más de dos viajeros, y tenía uno apalabrado, de modo que serían tres si llevaba a los novios. El señor Cástulo intervino, y ofreció llevarlos en su automóvil [134]. Al

---

[132] De la misma manera que antes se habían reunido por afinidad política.
[133] Recuerda la parábola de los invitados a la boda, *Lucas,* 14, 7-11.
[134] Es una forma de aproximarse a la familia, que puede tener tiempos mejores cuando cambie el régimen político.

oír este ofrecimiento, el cura puso atención. No creía que Cástulo fuera tan amigo de la casa.

Aprovechando las idas y venidas de las mozas que servían, la Jerónima enviaba algún mensaje vejatorio al zapatero, y éste explicaba a los más próximos:

—La Jerónima y yo tenemos un telégrafo amoroso.

En aquel momento una rondalla rompía a tocar en la calle.

Alguien cantó:

> En los ojos de los novios
> relucían dos luceros;
> ella es la flor de la ontina [135],
> y él es la flor del romero.

La segunda canción después de un largo espacio de alegre jota de baile volvía a aludir a la boda, como era natural:

> Viva Paco el del Molino
> y Águeda la del buen garbo,
> que ayer eran sólo novios,
> y ahora son ya desposados.

La rondalla siguió con la energía con que suelen tocar los campesinos de manos rudas y corazón caliente. Cuando creyeron que habían tocado bastante, fueron entrando. Formaron grupo al lado opuesto de la cabecera [136]

---

[135]   *ontina:* planta de varios tallos leñosos, cubiertos de hojas pequeñas, aovadas y carnosas. De flores amarillas que nacen en racimos. Toda la planta exhala un olor muy agradable.
[136]   Porque no pertenecen a las familias más acomodadas.

del salón, y estuvieron bebiendo y charlando. Después pasaron todos al comedor.

En la presidencia se instalaron los novios, los padrinos, Mosén Millán, el señor Cástulo y algunos otros labradores acomodados. El cura hablaba de la infancia de Paco y contaba sus diabluras, pero también su indignidad contra los búhos que mataban por la noche a los gatos extraviados, y su deseo de obligar a todo el pueblo a visitar a los pobres de las cuevas y a ayudarles. Hablando de esto vio en los ojos de Paco una seriedad llena de dramáticas reservas, y entonces el cura cambió de tema, y recordó con benevolencia el incidente del revólver, y hasta sus aventuras en la plaza del agua.

No faltó en la comida la perdiz en adobo ni la trucha al horno, ni el capón relleno. Iban de mano en mano porrones, botas, botellas, con vinos de diferentes cosechas.

La noticia de la boda llegó al carasol, donde las viejas hilanderas bebieron a la salud de los novios el vino que llevaron la Jerónima y el zapatero. Éste se mostraba más alegre y libre de palabra que otras veces, y decía que los curas son las únicas personas a quienes todo el mundo llama padre, menos sus hijos, que los llaman tíos.

Las viejas aludían a los recién casados:

—Frescas están ya las noches.

—Lo propio para dormir con compañía.

Una decía que cuando ella se casó había nieve hasta la rodilla.

—Malo para el novio —dijo otra.

—¿Por qué?

—Porque tendría sus noblezas escondidas en los riñones, con la helada.

—Eh, tú, culo de hanega [137]. Cuando enviudes, échame un parte —gritó la Jerónima.

El zapatero, con más deseos de hacer reír a la gente que de insultar a la Jerónima, fue diciéndole una verdadera letanía de desvergüenzas:

—Cállate, penca del diablo, pata de afilador, albarda, zurupeta [138], tía chamusca [139], estropajo. Cállate, que te traigo una buena noticia: Su Majestad el rey va envidao [140] y se lo lleva la trampa.

—¿Y a mí qué?

—Que en la república no empluman a las brujas.

Ella decía de sí misma que volaba en una escoba, pero no permitía que se lo dijeran los demás. Iba a responder cuando el zapatero continuó:

—Te lo digo a ti, zurrapa [141], trotona [142], chirigaita [143], mochilera [144], trasgo [145], pendón, zancajo [146], pinchatripas, ojisucia, mocarra [147], fuina [148]...

La ensalmadora se apartaba mientras él la seguía con sus dicharachos. Las viejas del carasol reventaban de

---

[137] *hanega:* medida de áridos. El término procede del árabe, y significa saco para acarrear tierra. Viene a confirmar la expresión anterior sobre las anchas caderas del zapatero.

[138] *zurupeta:* intrusa.

[139] *chamusca:* pendenciera.

[140] *envidao:* expresión vulgar por *envidado:* invitado.

[141] *zurrapa:* cosa o persona vil y despreciable.

[142] *trotona:* alcahueta.

[143] *chirigaita:* cuchufleta.

[144] *mochilera:* vulgarmente, zorra.

[145] *trasgo:* duende.

[146] *zancajo:* persona de mala figura o demasiado pequeña.

[147] *mocarra:* niña que se atreve a intervenir en cosa de mayores, moco.

[148] *fuina:* garduña.

risa, y antes de que llegaran las reacciones de la Jerónima, que estaba confusa, decidió el zapatero retirarse
victorioso. Por el camino tendía la oreja a ver lo que decían detrás. Se oía la voz de la Jerónima:

—¿Quién iba a decirme que ese monicaco tenía tantas
dijendas en el estómago?

Y volvían a hablar de los novios. Paco era el mozo *mejor plantao* del pueblo, y se había llevado la novia que
merecía. Volvían a aludir a la noche de novios con expresiones salaces.

Siete años después, Mosén Millán recordaba la boda
sentado en el viejo sillón de la sacristía. No abría los ojos
para evitarse la molestia de hablar con don Valeriano,
el alcalde [149]. Siempre le había sido difícil entenderse con
él porque aquel hombre no escuchaba jamás.

Se oían en la iglesia las botas de campo de don Gumersindo. No había en la aldea otras botas como aquéllas, y Mosén Millán supo que era él mucho antes de llegar a la sacristía. Iba vestido de negro, y al ver al cura
con los ojos cerrados, habló en voz baja para saludar a
don Valeriano. Pidió permiso para fumar, y sacó la pe-
taca. Entonces, Mosén Millán abrió los ojos.

—¿Ha venido alguien más? —preguntó.

—No, señor —dijo don Gumersindo disculpándose
como si tuviera él la culpa—. No he visto como el que
dice un alma en la iglesia.

Mosén Millán parecía muy fatigado, y volvió a cerrar
los ojos y a apoyar la cabeza en el muro. En aquel momento entró el monaguillo, y don Gumersindo le preguntó:

---

[149] Don Valeriano ha llegado a alcalde durante la guerra.

—Eh, zagal. ¿Sabes por quién es la misa?
El chico recurrió al romance en lugar de responder:

> —Ya lo llevan cuesta arriba
> camino del camposanto...

—No lo digas todo, zagal, porque aquí, el alcalde, te llevará a la cárcel [150].

El monaguillo miró a don Valeriano, asustado. Éste, la vista perdida en el techo, dijo:

—Cada broma quiere su tiempo y lugar.

Se hizo un silencio penoso [151]. Mosén Millán abrió los ojos otra vez, y se encontró con los de don Gumersindo, que murmuraba:

—La verdad es que no sé si sentirme [152] con lo que dice.

El cura intervino diciendo que no había razón para *sentirse*. Luego ordenó al monaguillo que saliera a la plaza a ver si había gente esperando para la misa. Solía quedarse allí algún grupo hasta que las campanas acababan de tocar. Pero el cura quería evitar que el monaguillo dijera la parte del romance en la que se hablaba de él:

> aquel que lo bautizara,
> Mosén Millán el nombrado,
> en confesión desde el coche
> le escuchaba los pecados.

---

[150]   En el fondo la expresión es una broma de mal gusto, de humor negro.

[151]   Sinestesia que une un elemento del sentido del oído (silencio) y otro de un sentido interno (penoso).

[152]   *sentirme*: molestarme, darme por enterado.

Estaba don Gumersindo siempre hablando de su propia bondad —*como el que dice*— y de la gente desagradecida que le devolvía mal por bien. Eso le parecía especialmente adecuado delante del cura y de don Valeriano en aquel momento. De pronto tuvo un arranque generoso:

—Mosén Millán. ¿Me oye, señor cura? Aquí hay dos duros para la misa de hoy.

El sacerdote abrió los ojos, somnolente, y advirtió que el mismo ofrecimiento había hecho don Valeriano, pero que le gustaba decir la misa sin que nadie la pagara. Hubo un largo silencio. Don Valeriano arrollaba su cadena en el dedo índice y luego la dejaba resbalar. Los dijes sonaban. Uno tenía un rizo de pelo de su difunta esposa. Otro, una reliquia del santo P. Claret [153] heredada de su bisabuelo. Hablaba en voz baja de los precios de la lana y del cuero, sin que nadie le contestara.

Mosén Millán, con los ojos cerrados, recordaba aún el día de la boda de Paco [154]. En el comedor, una señora había perdido un pendiente, y dos hombres andaban a cuatro manos [155] buscándolo. Mosén Millán pensaba que en

---

[153] Lo más probable es que haga referencia al santo P[adre] Claret, Antonio María Claret, que había nacido en Sallent (Lérida) en 1807 y había muerto en Francia en 1870. Fundó la Congregación de Misioneros Hijos del Corazón de María. León XIII lo declaró venerable en 1889. No fue canonizado hasta 1950 y por esta razón (no era santo en 1937) alguien podría pensar que se tratara de una errata (Claret por Claver), cosa que no comparto. Con todo, existe la posibilidad de se hable aquí de San Pedro Claver, que había nacido tampoco demasiado lejos de allí, en Verdú (Lérida) en 1580. Se dedicó especialmente a la evangelización y a la ayuda a los esclavos negros deportados de África. Murió en Cartagena de Indias en 1654.

[154] Nuevo *flash back*.

[155] Curiosa expresión que los convierte en simios. Especialmente si tenemos en cuenta lo común de la locución «a cuatro patas».

las bodas siempre hay una mujer a quien se le cae un pendiente, y lo busca, y no lo encuentra.

La novia, perdida la palidez de la primera hora de la mañana —por el insomnio de la noche anterior—, había recobrado sus colores. De vez en cuando consultaba el novio la hora. Y a media tarde se fueron a la estación conducidos por el mismo señor Cástulo.

La mayor parte de los invitados habían salido a la calle a despedir a los novios con vítores y bromas. Muchos desde allí volvieron a sus casas. Los más jóvenes fueron al baile.

Se entretenía Mosén Millán con aquellas memorias para evitar oír lo que decían don Gumersindo y don Valeriano, quienes hablaban, como siempre, sin escucharse el uno al otro.

Tres semanas después de la boda volvieron Paco y su mujer, y el domingo siguiente se celebraron elecciones [156]. Los nuevos concejales eran jóvenes, y con excepción de algunos, según don Valeriano, gente baja. El padre de Paco vio de pronto que todos los que con él habían sido elegidos se consideraban contrarios al duque y *echaban roncas* [157] contra el sistema de arrendamientos de pastos. Al saber esto Paco el del Molino, se sintió feliz, y creyó por vez primera que la política valía para algo. «Vamos a quitarle la hierba al duque», repetía.

El resultado de la elección dejó a todos un poco extrañados. El cura estaba perplejo. Ni uno solo de los concejales se podía decir que fuera hombre de costumbres religiosas. Llamó a Paco, y le preguntó:

---

[156]   Las elecciones del 12 de abril. La boda se había celebrado hacia el 21-22 de marzo.
[157]   *roncas:* amenazas.

—¿Qué es eso que me han dicho de los montes del duque?

—Nada —dijo Paco—. La verdad. Vienen tiempos nuevos, Mosén Millán.

—¿Qué novedades son ésas?

—Pues que el rey se va con la música a otra parte [158], y lo que yo digo: buen viaje.

Pensaba Paco que el cura le hablaba a él porque no se atrevía a hablarle de aquello a su padre. Añadió:

—Diga la verdad, Mosén Millán. Desde aquel día que fuimos a la cueva a llevar el santolio sabe usted que yo y otros [159] cavilamos para remediar esa vergüenza. Y más ahora que se ha presentado la ocasión.

—¿Qué ocasión? Eso se hace con dinero. ¿De dónde vais a sacarlo?

—Del duque. Parece que a los duques les ha llegado su San Martín [160].

—Cállate, Paco. Yo no digo que el duque tenga siempre razón. Es un ser humano tan falible como los demás, pero hay que andar en esas cosas con pies de plomo, y no alborotar a la gente ni remover las bajas pasiones.

Las palabras del joven fueron comentadas en el carasol. Decían que Paco había dicho al cura: «A los reyes, a los duques y a los curas los vamos a pasar a cuchillo, como a los cerdos por San Martín». En el carasol siempre se exageraba.

---

[158]   Expresión coloquial por marcharse..

[159]   *yo y otros:* expresión vulgar por «otros y yo», que en el fondo es correcta, pues Paco era quien había sentido primero la necesidad de solucionar el problema de los habitantes de las cuevas.

[160]   *les ha llegado su San Martín:* les ha llegado su hora.

Se supo de pronto que el rey había huido de España [161]. La noticia fue tremenda para don Valeriano y para el cura. Don Gumersindo no quería creerla, y decía que eran cosas del zapatero. Mosén Millán estuvo dos semanas sin salir de la abadía, yendo a la iglesia por la puerta del huerto y evitando hablar con nadie. El primer domingo fue mucha gente a misa esperando la reacción [162] de Mosén Millán, pero el cura no hizo la menor alusión. En vista de esto el domingo siguiente estuvo el templo vacío.

Paco buscaba al zapatero, y lo encontraba taciturno y reservado.

Entretanto, la bandera tricolor [163] flotaba al aire en el balcón de la casa consistorial y encima de la puerta de la escuela. Don Valeriano y don Gumersindo no aparecían por ningún lado, y Cástulo buscaba a Paco, y se exhibía con él, pero jugaba con dos barajas, y cuando veía al cura le decía en voz baja:

—¿Adónde vamos a parar, Mosén Millán?

Hubo que repetir la elección en la aldea porque había habido incidentes que, a juicio de don Valeriano, la hicieron ilegal. En la segunda elección el padre de Paco cedió el puesto a su hijo. El muchacho fue elegido.

En Madrid suprimieron los *bienes de señorío* [164], de origen medioeval, y los incorporaron a los municipios.

---

[161]   El rey embarcó en Cartagena en el crucero *Príncipe Alfonso,* rumbo a Marsella, el 15 de abril de 1931

[162]   El gran problema de Mosén Millán: no reaccionar ante los hechos importantes.

[163]   La bandera de la República, roja, amarilla y morada.

[164]   *bienes de señorío:* los terrenos que usufructúa el duque desde tiempo inmemorial.

Aunque el duque alegaba que sus montes no entraban en aquella clasificación, las cinco aldeas acordaron, por iniciativa de Paco, no pagar mientras los tribunales decidían. Cuando Paco fue a decírselo a don Valeriano, éste se quedó un rato mirando al techo y jugando con el guardapelo de la difunta. Por fin se negó a darse por enterado, y pidió que el municipio se lo comunicara por escrito.

La noticia circuló por el pueblo. En el carasol se decía que Paco había amenazado a don Valeriano. Atribuían a Paco todas las arrogancias y desplantes a los que no se atrevían los demás. Querían en el carasol a la familia de Paco y a otras del mismo tono cuyos hombres, aunque tenían tierras, trabajaban de sol a sol. Las mujeres del carasol iban a misa, pero se divertían mucho con la Jerónima cuando cantaba aquella canción que decía:

> el cura le dijo al ama
> que se acostara a los pies.

No se sabía exactamente lo que planeaba el ayuntamiento «en favor de los que vivían en las cuevas», pero la imaginación de cada cual trabajaba, y las esperanzas de la gente humilde crecían. Paco había tomado muy en serio el problema y las reuniones del municipio no trataban de otra cosa.

Paco envió a don Valeriano el acuerdo del municipio, y el administrador lo transmitió a su amo. La respuesta telegráfica del duque fue la siguiente: *Doy orden a mis guardas de que vigilen mis montes, y disparen sobre cualquier animal o persona que entre en ellos. El municipio debe hacerlo pregonar para evitar la pérdida de bienes o de vidas humanas.* Al leer esta respuesta, Paco propuso al alcalde que los guardas fueran destituidos, y que les dieran un cargo mejor retribuido en el sindicato de riegos, en la huerta. Estos guardas no eran más que tres, y aceptaron contentos. Sus carabinas fueron a parar a un rincón del salón de sesiones, y los ganados del pueblo entraban en los montes del duque sin dificultad.

Don Valeriano, después de consultar varias veces con Mosén Millán, se arriesgó a llamar a Paco, quien acudió a su casa. Era la de don Valeriano grande y sombría, con balcones volados y puerta cochera. Don Valeriano se había propuesto ser conciliador y razonable, y lo invitó a merendar. Le habló del duque de una manera familiar y ligera. Sabía que Paco solía acusarlo de no haber estado nunca en la aldea, y eso no era verdad. Tres veces había ido en los últimos años a ver sus propiedades, pero no hizo noche en aquel pueblo, sino en el de al lado. Y aún se acordaba don Valeriano de que cuando el señor duque y la señora duquesa [165] hablaban con el guarda más viejo, y éste escuchaba con el sombrero en la mano, sucedió una ocurrencia memorable. La señora duquesa le preguntaba al guarda por cada una de las personas de su familia, y al preguntarle por el hijo mayor, don Valeriano se acordaba de las mismas palabras del guarda, y las repetía:

—¿Quién, Miguel? —dijo el guarda—. ¡Tóquele vuecencia los cojones a Miguelico, que está en Barcelona ganando nueve pesetas diarias!

Don Valeriano reía. También rió Paco, aunque de pronto se puso serio, y dijo:

---

[165]   Un personaje muy similar al de la señora Marquesa de *Los santos inocentes,* de Miguel Delibes.

—La duquesa puede ser buena persona, y en eso no me meto. Del duque he oído cosas de más y de menos. Pero nada tiene que ver con nuestro asunto.

—Eso es verdad. Pues bien, yendo al asunto, parece que el señor duque está dispuesto a negociar con usted —dijo don Valeriano.

—¿Sobre el monte? —don Valeriano afirmó con el gesto—. No hay que negociar, sino bajar la cabeza.

Don Valeriano no decía nada, y Paco se atrevió a añadir:

—Parece que el duque templa [166] muy a lo antiguo.

Seguía don Valeriano en silencio, mirando al techo.

—Otra jota cantamos por aquí —añadió Paco.

Por fin habló don Valeriano:

—Hablas de bajar la cabeza. ¿Quién va a bajar la cabeza? Sólo la bajan los cabestros [167].

—Y los hombres honrados cuando hay una ley.

—Ya lo veo, pero el abogado del señor duque piensa de otra manera. Y hay leyes y leyes.

Paco se sirvió vino diciendo entre dientes: *con permiso.* Esta pequeña libertad ofendió a don Valeriano, quien sonrió, y dijo: *sírvase,* cuando Paco había llenado ya su vaso.

Volvió Paco a preguntar:

—¿De qué manera va a negociar el duque? No hay más que dejar los montes, y no volver a pensar en el asunto.

Don Valeriano miraba el vaso de Paco, y se atusaba despacio los bigotes, que estaban tan lamidos y redondeados, que parecían postizos. Paco murmuró:

---

[166] *templar:* poner en tensión.
[167] *cabestro:* buey manso que suele llevar cencerro. Es una manera de considerar que el duque está siendo insultado.

—Habría que ver qué papeles tiene el duque sobre esos montes. ¡Si es que tiene alguno!

Don Valeriano estaba irritado:

—También en eso te equivocas. Son muchos siglos de usanza, y eso tiene fuerza. No se deshace en un día lo que se ha hecho en cuatrocientos años. Los montes no son botellicas de vino —añadió viendo que Paco volvía a servirse—, sino fuero. Fuero de reyes.

—Lo que hicieron los hombres, los hombres lo deshacen, creo yo.

—Sí, pero de hombre a hombre va algo.

Paco negaba con la cabeza.

—Sobre este asunto —dijo bebiendo el segundo vaso y chascando la lengua— dígale al duque que si tiene tantos derechos, puede venir a defenderlos él mismo, pero que traiga un rifle nuevo, porque los de los guardas los tenemos nosotros [168].

—Paco, parece mentira. ¿Quién iba a pensar que un hombre con un jaral [169] y un par de mulas tuviera aliento para hablar así? Después de esto no me queda nada que ver en el mundo.

Terminada la entrevista, cuyos términos comunicó don Valeriano al duque, éste volvió a enviar órdenes, y el administrador, cogido entre dos fuegos, no sabía qué hacer, y acabó por marcharse del pueblo después de ver a Mosén Millán, contarle a su manera lo sucedido y de-

---

[168] Paco es muy valiente al defender los derechos del pueblo, aunque esa denodada defensa será la que lo condene tras la llegada de los forasteros.

[169] *jaral:* sitio poblado de jaras. Es todo el terreno de que dispone Paco. Don Valeriano lo está llamando pobre.

cirle que el pueblo se gobernaba por las *dijendas* del carasol. Atribuía a Paco amenazas e insultos e insistía mucho en aquel detalle de la botella y el vaso. El cura unas veces le escuchaba y otras no.

Mosén Millán movía la cabeza con lástima recordando todo aquello desde su sacristía. Volvía el monaguillo a apoyarse en el quicio de la puerta, y como no podía estar quieto, frotaba una bota contra la otra, y mirando al cura recordaba todavía el romance:

> Entre cuatro lo llevaban
> adentro del camposanto,
> madres, las que tenéis hijos,
> Dios os los conserva sanos,
> y el Santo Ángel de la Guarda...

El romance hablaba luego de otros reos que murieron también entonces, pero el monaguillo no se acordaba de los nombres. Todos habían sido asesinados en aquellos mismos días. Aunque el romance no decía eso, sino *ejecutados.*

Mosén Millán recordaba. En los últimos tiempos la fe religiosa de don Valeriano se había debilitado bastante. Solía decir que un Dios que permitía lo que estaba pasando, no merecía tantos miramientos. El cura le oía fatigado. Don Valeriano había regalado años atrás una verja de hierro de forja para la capilla del Cristo, y el duque había pagado los gastos de reparación de la bóveda del templo dos veces [170]. Mosén Millán no conocía el vicio de la ingratitud.

---

[170] Motivos, ambos que impiden moverse contra ellos al sacerdote: se siente comprado por las limosnas de los ricos.

En el carasol se decía que con el arriendo de pastos, cuyo dinero iba al municipio, se hacían planes para mejorar la vida de la aldea. Bendecían a Paco el del Molino, y el elogio más frecuente entre aquellas viejecillas del carasol era decir que *los tenía bien puestos.*

En el pueblo de al lado estaban canalizando el agua potable y llevándola hasta la plaza. Paco el del Molino tenía otro plan —su pueblo no necesitaba ya aquella mejora—, y pensaba en las cuevas, a cuyos habitantes imaginaba siempre agonizando entre estertores, sin luz, ni fuego, ni agua. Ni siquiera aire que respirar.

En los terrenos del duque había una ermita cuya festividad se celebraba un día del verano [171], con romería. Los romeros hacían ese día regalos al sacerdote, y el municipio le pagaba la misa. Aquel año se desentendió el alcalde, y los campesinos siguieron su ejemplo. Mosén Millán llamó a Paco, quien le dijo que todo obedecía a un acuerdo del ayuntamiento.

—¿El ayuntamiento, dices? ¿Y qué es el ayuntamiento? —preguntaba el cura, irritado.

Paco sentía ver a Mosén Millán tan fuera de sí, y dijo que como aquellos terrenos de la ermita habían sido del duque, y la gente estaba contra él, se comprendía la frialdad del pueblo con la romería. Mosén Millán dijo en un momento de pasión:

—¿Y quién eres tú para decirle al duque que si viene a los montes, no dará más de tres pasos porque lo esperarás con la carabina de uno de los guardas? ¿No sabes que eso es una amenaza criminal?

---

[171]   Probablemente el 15 de agosto, festividad de la Asunción de María, muy popular en toda España.

Paco no había dicho nada de aquello. Don Valeriano mentía. Pero el cura no quería oír las razones de Paco.

En aquellos días el zapatero estaba nervioso y desorientado. Cuando le preguntaban, decía:

—Tengo barruntos [172].

Se burlaban de él en el carasol, pero el zapatero decía:

—Si el cántaro da en la piedra, o la piedra en el cántaro, mal para el cántaro.

Esas palabras misteriosas no aclaraban gran cosa la situación. El zapatero se había pasado la vida esperando aquello, y al verlo llegar, no sabía qué pensar ni qué hacer. Algunos concejales le ofrecieron el cargo de juez de riegos para resolver los problemas de competencia en el uso de las aguas de la acequia principal.

—Gracias —dijo él—, pero yo me atengo al refrán que dice: zapatero a tus zapatos.

Poco a poco se fue acercando al cura. El zapatero tenía que estar contra el que mandaba [173], no importaba la doctrina o el color. Don Gumersindo se había marchado también a la capital de la provincia, lo que molestaba bastante al cura. Éste decía:

—Todos se van, pero yo, aunque pudiera, no me iría. Es una deserción.

A veces el cura parecía tratar de entender a Paco, pero de pronto comenzaba a hablar de la falta de respeto de la población y de su propio martirio. Sus discusiones con Paco siempre acababan en eso: en ofrecerse como víctima propiciatoria. Paco reía:

---

[172]   *Tengo barruntos:* lo presiento.
[173]   Por eso podemos suponer que es ácrata, tal vez anarquista. Tiene algo del propio Sender.

—Pero si nadie quiere matarle, Mosén Millán.

La risa de Paco ponía al cura frenético, y dominaba sus nervios con dificultad.

Cuando la gente comenzaba a olvidarse de don Valeriano y don Gumersindo, éstos volvieron de pronto a la aldea. Parecían seguros de sí, y celebraban conferencias con el cura, a diario. El señor Cástulo se acercaba, curioso, pero no podía averiguar nada. No se fiaban de él.

Un día del mes de julio [174] la guardia civil de la aldea se marchó con órdenes de concentrarse —según decían— en algún lugar a donde acudían las fuerzas de todo el distrito. Los concejales sentían alguna amenaza en el aire, pero no podían concretarla.

Llegó a la aldea un grupo de señoritos [175] con vergas y con pistolas. Parecían personas de poco más o menos, y algunos daban voces histéricas. Nunca habían visto gente tan desvergonzada. Normalmente a aquellos tipos rasurados y finos como mujeres los llamaban en el carasol *pijaitos,* pero lo primero que hicieron fue dar una paliza tremenda al zapatero, sin que le valiera para nada su neutralidad. Luego mataron a seis campesinos —entre ellos cuatro de los que vivían en las cuevas— y dejaron sus cuerpos en las cunetas de la carretera entre el pueblo y el carasol. Como los perros acudían a lamer la sangre, pusieron a uno de los guardas del duque de vigilancia para alejarlos. Nadie preguntaba. Nadie comprendía. No había guardias civiles que salieran al paso de los forasteros.

---

[174]   De 1936.
[175]   En ningún momento de la novela se los denomina «falangistas», aunque por su comportamiento los reconozcamos como tales.

En la iglesia, Mosén Millán anunció que estaría *El Santísimo* expuesto día y noche, y después protestó ante don Valeriano —al que los señoritos habían hecho alcalde— de que hubieran matado a los seis campesinos sin darles tiempo para confesar. El cura se pasaba el día y parte de la noche rezando.

El pueblo estaba asustado, y nadie sabía qué hacer. La Jerónima iba y venía, menos locuaz que de costumbre. Pero en el carasol insultaba a los señoritos forasteros, y pedía para ellos tremendos castigos. Esto no era obstáculo para que cuando veía al zapatero le hablara de leña, de *bandeo* [176], de varas de medir y de otras cosas que aludían a la paliza. Preguntaba por Paco, y nadie sabía darle razón. Había desaparecido, y lo buscaban, eso era todo.

Al día siguiente de haberse burlado la Jerónima del zapatero, éste apareció muerto en el camino del carasol con *la cabeza volada* [177]. La pobre mujer fue a ponerle encima una sábana, y después se encerró en su casa, y estuvo tres días sin salir. Luego volvió a asomarse a la calle poco a poco, y hasta se acercó al carasol, donde la recibieron con reproches e insultos. La Jerónima lloraba (nadie la había visto llorar nunca), y decía que merecía que la mataran a pedradas, como a una culebra.

Pocos días más tarde, en el carasol, la Jerónima volvía a sus bufonadas mezclándolas con juramentos y amenazas.

Nadie sabía cuándo mataban a la gente. Es decir, lo sabían, pero nadie los veía. Lo hacían por la noche, y durante el día el pueblo parecía en calma.

---

[176] *bandeo:* de bandear, atravesar, traspasar, golpear.
[177] Le habían disparado a la cabeza.

Entre la aldea y el carasol habían aparecido abandonados cuatro cadáveres más, los cuatro de concejales.

Muchos de los habitantes estaban fuera de la aldea segando. Sus mujeres seguían yendo al carasol, y repetían los nombres de los que iban cayendo. A veces rezaban, pero después se ponían a insultar con voz recelosa a las mujeres de los ricos, especialmente a la Valeriana y a la Gumersinda. La Jerónima decía que la peor de todas era la mujer de Cástulo, y que por ella habían matado al zapatero.

—No es verdad —dijo alguien—. Es porque el zapatero dicen que era agente de Rusia.

Nadie sabía qué era la Rusia, y todos pensaban en la yegua roja de la tahona [178], a la que llamaban así. Pero aquello no tenía sentido. Tampoco lo tenía nada de lo que pasaba en el pueblo. Sin atreverse a levantar la voz comenzaban con sus *dijendas:*

—La Cástula es una verruga peluda.

—Una estaferma [179].

La Jerónima no se quedaba atrás:

—Un escorpión cebollero.

—Una liendre sebosa.

—Su casa —añadía la Jerónima— huele a fogón meado [180].

Había oído decir que aquellos señoritos de la ciudad iban a matar a todos los que habían votado contra el rey.

---

[178]   *tahona:* molino de harina. La yegua sería quien moviera la rueda. Es una fórmula para conseguir el humor.

[179]   *estaferma:* persona que está parada y como embobaba, muñeco.

[180]   Nuevas retahílas para conseguir el humor, como se vio en la Introducción.

La Jerónima, en medio de la catástrofe, percibía algo má-
gico y sobrenatural, y sentía en todas partes el olor de
sangre. Sin embargo, cuando desde el carasol oía las
campanas y a veces el yunque del herrero haciendo contrapunto, no podía evitar algún meneo y bandeo de sa-
yas. Luego maldecía otra vez, y llamaba *patas puercas* a
la Gumersinda. Trataba de averiguar qué había sido de
Paco el del Molino, pero nadie sabía sino que lo buscaban. La Jerónima se daba por enterada, y decía:

—A ese buen mozo no lo atraparán así como así.

Aludía otra vez a las cosas que había visto cuando de
niño le cambiaba los pañales.

Desde la sacristía, Mosén Millán recordaba la horrible
confusión de aquellos días, y se sentía atribulado y confuso. Disparos por la noche, sangre, malas pasiones, habladurías, procacidades de aquella gente forastera, que,
sin embargo, parecía educada. Y don Valeriano se lamentaba de lo que sucedía y al mismo tiempo empujaba a los
señoritos de la ciudad a matar más gente. Pensaba el cura
en Paco. Su padre estaba en aquellos días en casa. Cástulo Pérez lo había garantizado diciendo que era *trigo
limpio* [181]. Los otros ricos no se atrevían a hacer nada
contra él esperando echarle mano al hijo.

Nadie más que el padre de Paco sabía dónde su hijo
estaba. Mosén Millán fue a su casa.

—Lo que está sucediendo en el pueblo —dijo— es
horrible y no tiene nombre.

El padre de Paco lo escuchaba sin responder, un poco
pálido. El cura siguió hablando. Vio ir y venir a la joven

---

[181]   *trigo limpio*: persona de conducta intachable.

esposa como una sombra, sin reír ni llorar. Nadie lloraba y
nadie reía en el pueblo. Mosén Millán pensaba que sin risa
y sin llanto la vida podía ser horrible como una pesadilla.

Por uno de esos movimientos en los que la amistad
tiene a veces necesidad de mostrarse meritoria, Mosén
Millán dio la impresión de que sabía dónde estaba escondido Paco. Dando a entender que lo sabía, el padre y
la esposa tenían que agradecerle su silencio. No dijo el
cura concretamente que lo supiera, pero lo dejó entender.
La ironía de la vida quiso que el padre de Paco cayera en
aquella trampa. Miró al cura pensando precisamente lo
que Mosén Millán quería que pensara: «Si lo sabe, y no
ha ido con el soplo, es un hombre honrado y enterizo» [182].
Esta reflexión le hizo sentirse mejor.

A lo largo de la conversación el padre de Paco reveló
el escondite del hijo, creyendo que no decía nada nuevo
al cura. Al oírlo, Mosén Millán recibió una tremenda impresión. «Ah —se dijo—, más valdría que no me lo hubiera dicho. ¿Por qué he de saber yo que Paco está escondido en las Pardinas?». Mosén Millán tenía miedo, y
no sabía concretamente de qué. Se marchó pronto, y estaba deseando verse ante los forasteros de las pistolas
para demostrarse a sí mismo su entereza y su lealtad a
Paco. Así fue. En vano estuvieron el centurión y sus amigos hablando con él toda la tarde. Aquella noche Mosén
Millán rezó y durmió con una calma que hacía tiempo no
conocía.

Al día siguiente hubo una reunión en el ayuntamiento,
y los forasteros hicieron discursos y dieron grandes vo-

---

[182] *enterizo:* recto.

ces. Luego quemaron la bandera tricolor y obligaron a acudir a todos los vecinos del pueblo y a saludar levantando el brazo [183] cuando lo mandaba el centurión. Éste era un hombre con cara bondadosa y gafas oscuras. Era difícil imaginar a aquel hombre matando a nadie. Los campesinos creían que aquellos hombres que hacían gestos innecesarios y juntaban los tacones y daban gritos estaban mal de la cabeza, pero viendo a Mosén Millán y a don Valeriano sentados en lugares de honor, no sabían qué pensar. Además de los asesinatos, lo único que aquellos hombres habían hecho en el pueblo era devolver los montes al duque.

Dos días después don Valeriano estaba en la abadía frente al cura. Con los dedos pulgares en las sisas del chaleco —lo que hacía más ostensibles los dijes— miraba al sacerdote a los ojos.

—Yo no quiero el mal de nadie, como quien dice, pero ¿no es Paco uno de los que más se han señalado? Es lo que yo digo, señor cura: por menos han caído otros.

Mosén Millán decía:

—Déjelo en paz. ¿Para qué derramar más sangre?

Y le gustaba, sin embargo, dar a entender que sabía dónde estaba escondido. De ese modo mostraba al alcalde que era capaz de nobleza y lealtad. La verdad era que buscaban a Paco, frenéticamente. Habían llevado a su casa perros de caza que *tomaron el viento* [184] con sus ropas y zapatos viejos.

El centurión de la cara bondadosa y las gafas oscuras llegó en aquel momento con dos más, y habiendo oído las palabras del cura, dijo:

---

[183] En este dato se confirma su pertenencia a la Falange.
[184] *tomar el viento*: olfatear prendas. Véase nota 92.

—No queremos reblandecidos mentales. Estamos limpiando el pueblo, y el que no está con nosotros está en contra [185].

—¿Ustedes creen —dijo Mosén Millán— que soy un reblandecido mental?

Entonces todos se pusieron razonables.

—Las últimas ejecuciones —decía el centurión— se han hecho sin privar a los reos de nada. Han tenido hasta la extremaunción. ¿De qué se queja usted?

Mosén Millán hablaba de algunos hombres honrados que habían caído, y de que era necesario acabar con aquella locura.

—Diga usted la verdad —dijo el centurión sacando la pistola y poniéndola sobre la mesa—. Usted sabe dónde se esconde Paco el del Molino.

Mosén Millán pensaba si el centurión habría sacado la pistola para amenazarle o sólo para aliviar su cinto de aquel peso. Era un movimiento que le había visto hacer otras veces. Y pensaba en Paco, a quien bautizó, a quien casó. Recordaba en aquel momento detalles nimios, como los búhos nocturnos y el olor de las perdices en adobo. Quizá de aquella respuesta dependiera la vida de Paco. Lo quería mucho, pero sus afectos no eran por el hombre en sí mismo, sino *por Dios*. Era el suyo un cariño por encima de la muerte y la vida. Y no podía mentir.

—¿Sabe usted dónde se esconde? —le preguntaban a un tiempo los cuatro.

Mosén Millán contestó bajando la cabeza. Era una afirmación. Podía ser una afirmación. Cuando se dio cuenta

---

[185]   Dicho popular de origen bíblico: «El que no está conmigo, está contra mí, y el que no recoge conmigo, desparrama», *Mateo,* 12, 30.

era tarde. Entonces pidió que le prometieran que no lo matarían. Podrían juzgarlo, y si era culpable de algo, encarcelarlo, pero no cometer un crimen más. El centurión de la expresión bondadosa prometió. Entonces Mosén Millán reveló el escondite de Paco. Quiso hacer después otras salvedades en su favor, pero no le escuchaban.

Salieron en tropel, y el cura se quedó solo. Espantado de sí mismo, y al mismo tiempo con un sentimiento de liberación, se puso a rezar.

Media hora después llegaba el señor Cástulo diciendo que el carasol se había acabado porque los señoritos de la ciudad habían echado dos rociadas de ametralladora, y algunas mujeres cayeron, y las otras salieron chillando y dejando rastro de sangre, como una bandada de pájaros después de una perdigonada. Entre las que se salvaron estaba la Jerónima, y al decirlo, Cástulo añadió:

—Ya se sabe. Mala hierba [186]...

El cura, viendo reír a Cástulo, se llevó las manos a la cabeza, pálido. Y, sin embargo, aquel hombre no había denunciado, tal vez, el escondite de nadie. ¿De qué se escandalizaba? —se preguntaba el cura con horror—. Volvió a rezar. Cástulo seguía hablando y decía que había once o doce mujeres heridas, además de las que habían muerto en el mismo carasol. Como el médico estaba encarcelado, no era fácil que se curaran todas.

Al día siguiente el centurión volvió sin Paco. Estaba indignado. Dijo que al ir a entrar en las Pardinas el fugitivo los había recibido a tiros. Tenía una carabina de las

---

[186] Mala hierba nunca muere. Una versión más antigua: «Hierba mala no le empece la helada». L. Martínez Kleiser, *Diccionario general fraseológico español,* Madrid, Hernando, MCMLXXXII, pág. 439.

de los guardas de montes, y acercarse a las Pardinas era arriesgar la vida.

Pedía al cura que fuera a parlamentar con Paco. Había dos hombres de la centuria heridos, y no quería que se arriesgara ninguno más.

Un año después Mosén Millán recordaba aquellos episodios como si los hubiera vivido el día anterior. Viendo entrar en la sacristía al señor Cástulo —el que un año antes se reía de los crímenes del carasol— volvió a entornar los ojos y a decirse a sí mismo: «Yo denuncié el lugar donde Paco se escondía. Yo fui a parlamentar con él. Y ahora...». Abrió los ojos, y vio a los tres hombres sentados enfrente. El del centro, don Gumersindo, era un poco más alto que los otros. Las tres caras miraban impasibles a Mosén Millán. Las campanas de la torre dejaron de tocar con tres golpes finales graves y espaciados, cuya vibración quedó en el aire un rato. El señor Cástulo dijo:

—Con los respetos debidos. Yo querría pagar la misa, Mosén Millán.

Lo decía echando mano al bolsillo. El cura negó, y volvió a pedir al monaguillo que saliera a ver si había gente. El chico salió, como siempre, con el romance en su recuerdo:

> En las zarzas del camino
> el pañuelo se ha dejado,
> las aves pasan de prisa,
> las nubes pasan despacio...

Cerró una vez más Mosén Millán los ojos, con el codo derecho en el brazo del sillón y la cabeza en la mano.

Aunque había terminado sus rezos, simulaba seguir con ellos para que lo dejaran en paz. Don Valeriano y don Gumersindo explicaban a Cástulo al mismo tiempo y tratando cada uno de cubrir la voz del otro que también ellos habían querido pagar la misa.

El monaguillo volvía muy excitado, y sin poder decir a un tiempo todas las noticias que traía:

—Hay una mula en la iglesia [187] —dijo, por fin.

—¿Cómo?

—Ninguna persona, pero una mula ha entrado por alguna parte, y anda entre los bancos.

Salieron los tres, y volvieron para decir que no era una mula, sino el potro de Paco el del Molino, que solía andar suelto por el pueblo. Todo el mundo sabía que el padre de Paco estaba enfermo, y las mujeres de la casa, medio locas. Los animales y la poca hacienda que les quedaba, abandonados.

—¿Dejaste abierta la puerta del atrio cuando saliste? —preguntaba el cura al monaguillo.

Los tres hombres aseguraban que las puertas estaban cerradas. Sonriendo agriamente añadió don Valeriano:

—Esto es una maula [188]. Y una malquerencia.

Se pusieron a calcular quién podía haber metido el potro en la iglesia. Cástulo hablaba de la Jerónima. Mosén Millán hizo un gesto de fatiga, y les pidió que sacaran el animal del templo. Salieron los tres con el monaguillo. Formaron una ancha fila, y fueron acosando al potro con

---

[187] El error del monaguillo plantea serias dudas, pues debe conocer al caballo de Paco y, desde luego, distinguir un caballo de una mula. ¿Quiere Sender conseguir una última nota de humor?
[188] *maula:* engaño o artificio encubierto.

los brazos extendidos. Don Valeriano decía que aquello era un sacrilegio, y que tal vez habría que consagrar el templo de nuevo. Los otros creían que no.

Seguían acosando al animal. En una verja —la de la capilla del Cristo— un diablo de forja parecía hacer guiños [189]. San Juan en su hornacina [190] alzaba el dedo y mostraba la rodilla desnuda y femenina [191]. Don Valeriano y Cástulo, en su excitación, alzaban la voz como si estuvieran en un establo:

—¡Riiia! ¡Riiia!

El potro corría por el templo a su gusto. Las mujeres del carasol, si el carasol existiera, tendrían un buen tema de conversación. Cuando el alcalde y don Gumersindo acorralaban al potro, éste brincaba entre ellos y se pasaba al otro lado con un alegre relincho. El señor Cástulo tuvo una idea feliz:

—Abran las hojas de la puerta como se hace para las procesiones. Así verá el animal que tiene la salida franca.

El sacristán corría a hacerlo contra el parecer de don Valeriano que no podía tolerar que donde estaba él tuviera iniciativa alguna el señor Cástulo. Cuando las grandes hojas estuvieron abiertas el potro miró extrañado aquel torrente de luz. Al fondo del atrio se veía la plaza de la aldea, desierta, con una casa pintada de amarillo, otra encalada, con cenefas azules. El sacristán llamaba al

---

[189]   Este motivo invita a considerar la aparición del potro como un dato humorístico.

[190]   *hornacina*: hueco en forma de arco en una pared para colocar una estatua o un jarrón.

[191]   Este dato invita a considerar que la estatua es de san Juan Evangelista, que era un mozalbete cuando acompañaba a Jesús, en lugar de san Juan Bautista, que era un hombre curtido.

potro en la dirección de la salida. Por fin convencido el animal de que aquél no era su sitio, se marchó. El monaguillo recitaba todavía entre dientes:

> ... las cotovías se paran
> en la cruz del camposanto.

Cerraron las puertas, y el templo volvió a quedar en sombras. San Miguel con su brazo desnudo alzaba la espada sobre el dragón [192]. En un rincón chisporroteaba una lámpara sobre el baptisterio [193].

Don Valeriano, don Gumersindo y el señor Cástulo fueron a sentarse en el primer banco.

El monaguillo fue al presbiterio, hizo la genuflexión al pasar frente al sagrario y se perdió en la sacristía:

—Ya se ha marchado, Mosén Millán.

El cura seguía con sus recuerdos de un año antes. Los forasteros de las pistolas obligaron a Mosén Millán a ir con ellos a las Pardinas. Una vez allí dejaron que el cura se acercara solo.

—Paco —gritó con cierto temor—. Soy yo. ¿No ves que soy yo?

Nadie contestaba. En una ventana se veía la boca de una carabina. Mosén Millán volvió a gritar:

—Paco, no seas loco. Es mejor que te entregues.

De las sombras de la ventana salió una voz:

—Muerto, me entregaré. Apártese y que vengan los otros si se atreven.

---

[192] El dragón es la representación de Lucifer, vencido por el arcángel san Miguel.
[193] Lugar de la iglesia donde está la pila bautismal.

Mosén Millán daba a su voz una gran sinceridad:

—Paco, en el nombre de lo que más quieras, de tu mujer, de tu madre. Entrégate.

No contestaba nadie. Por fin se oyó otra vez la voz de Paco:

—¿Dónde están mis padres? ¿Y mi mujer?

—¿Dónde quieres que estén? En casa.

—¿No les ha pasado nada?

—No, pero, si tú sigues así, ¿quién sabe lo que puede pasar?

A estas palabras del cura volvió a suceder un largo silencio. Mosén Millán llamaba a Paco por su nombre, pero nadie respondía. Por fin, Paco se asomó. Llevaba la carabina en las manos. Se le veía fatigado y pálido.

—Contésteme a lo que le pregunte, Mosén Millán.

—Sí, hijo.

—¿Maté ayer a alguno de los que venían a buscarme [194]?

—No.

—¿A ninguno? ¿Está seguro?

—Que Dios me castigue si miento. A nadie.

Esto parecía mejorar las condiciones. El cura, dándose cuenta, añadió:

—Yo he venido aquí con la condición de que no te harán nada. Es decir, te juzgarán [195] delante de un tribunal, y si tienes culpa, irás a la cárcel. Pero nada más.

—¿Está seguro?

---

[194] Recuerda un poco la escena de Jesús reconviniendo a Pedro por haber cortado la oreja al siervo del Sumo Sacerdote, y, desde luego, su posterior prendimiento. *Mateo*, 26, 51-56.

[195] Mosén Millán tiene un comportamiento similar al de Judas, entregando a Jesús.

El cura tardaba en contestar. Por fin dijo:

—Eso he pedido yo. En todo caso, hijo, piensa en tu familia y en que no merecen pagar por ti.

Paco miraba alrededor, en silencio. Por fin dijo:

—Bien, me quedan cincuenta tiros, y podría vender la vida cara. Dígales a los otros que se acerquen sin miedo, que me entregaré.

De detrás de una cerca se oyó la voz del centurión:

—Que tire la carabina por la ventana [196], y que salga.

Obedeció Paco.

Momentos después lo habían sacado de las Pardinas, y lo llevaban a empujones y culatazos al pueblo. Le habían atado las manos a la espalda. Andaba Paco cojeando mucho, y aquella cojera y la barba de quince días que le ensombrecía el rostro le daban una apariencia diferente. Viéndolo Mosén Millán le encontraba un aire culpable. Lo encerraron en la cárcel del municipio.

Aquella misma tarde los señoritos forasteros obligaron a la gente a acudir a la plaza e hicieron discursos que nadie entendió, hablando del imperio y del destino inmortal y del orden y de la santa fe. Luego cantaron un himno [197] con el brazo levantado y la mano extendida, y mandaron a todos retirarse a sus casas y no volver a salir hasta el día siguiente bajo amenazas graves.

Cuando no quedaba nadie en la plaza, sacaron a Paco y a otros dos [198] campesinos de la cárcel, y los llevaron al

---

[196] Lo cual significa que Paco está parapetado en una especie de establo, o edificación similar, probablemente en ruinas.

[197] Nuevos datos de su filiación política en la Falange.

[198] Paco morirá, pues, como Jesús, en compañía de otros dos hombres. Pero esta ejecución trae recuerdos indudables de la de Federico García Lorca.

cementerio, a pie. Al llegar era casi de noche. Quedaba detrás, en la aldea, un silencio temeroso.

El centurión, al ponerlos contra el muro, recordó que no se habían confesado, y envío a buscar a Mosén Millán. Éste se extrañó de ver que lo llevaban en el coche del señor Cástulo. (Él lo había ofrecido a las nuevas autoridades). El coche pudo avanzar hasta el lugar de la ejecución. No se había atrevido Mosén Millán a preguntar nada. Cuando vio a Paco, no sintió sorpresa alguna, sino un gran desaliento. Se confesaron los tres. Uno de ellos era un hombre que había trabajado en casa de Paco. El pobre, sin saber lo que hacía, repetía fuera de sí una vez y otra entre dientes: «Yo me acuso, padre... yo me acuso, padre...». El mismo coche del señor Cástulo servía de confesionario, con la puerta abierta y el sacerdote sentado dentro. El reo se arrodillaba en el estribo. Cuando Mosén Millán decía *ego te absolvo,* dos hombres arrancaban al penitente y volvían a llevarlo al muro.

El último en confesarse fue Paco.

—En mala hora lo veo a usted —dijo al cura con una voz que Mosén Millán no le había oído nunca—. Pero usted me conoce, Mosén Millán. Usted sabe quién soy.

—Sí, hijo.

—Usted me prometió que me llevarían a un tribunal y me juzgarían.

—Me han engañado a mí también. ¿Qué puedo hacer? Piensa, hijo, en tu alma, y olvida, si puedes, todo lo demás.

—¿Por qué me matan? ¿Qué he hecho yo? Nosotros no hemos matado a nadie. Diga usted que yo no he hecho nada. Usted sabe que soy inocente, que somos inocentes los tres.

—Sí, hijo. Todos sois inocentes; pero ¿qué puedo hacer yo?

—Si me matan por haberme defendido en las Pardinas, bien. Pero los otros dos no han hecho nada.

Paco se agarraba a la sotana de Mosén Millán, y repetía: «No han hecho nada, y van a matarlos. No han hecho nada». Mosén Millán, conmovido hasta las lágrimas, decía:

—A veces, hijo mío, Dios permite que muera un inocente. Lo permitió de su propio Hijo, que era más inocente que vosotros tres [199].

Paco, al oír estas palabras, se quedó paralizado y mudo. El cura tampoco hablaba. Lejos, en el pueblo, se oían ladrar perros y sonaba una campana. Desde hacía dos semanas no se oía sino aquella campana día y noche. Paco dijo con una firmeza desesperada:

—Entonces, si es verdad que no tenemos salvación, Mosén Millán, tengo mujer. Está esperando un hijo [200]. ¿Qué será de ella? ¿Y de mis padres?

Hablaba como si fuera a faltarle el aliento, y le contestaba Mosén Millán con la misma prisa enloquecida, entre dientes. A veces pronunciaban las palabras de tal manera, que no se entendían, pero había entre ellos una relación de sobrentendidos. Mosén Millán hablaba atropelladamente de los designios de Dios, y al final de una larga lamentación preguntó:

—¿Te arrepientes de tus pecados?

---

[199]   «Caifás era el que había dicho a los sacerdotes que convenía que muriera un solo hombre por el pueblo», *Juan,* 18,14.

[200]   En esta confesión late la esperanza de que nazca otro Paco para continuar la labor de su padre.

Paco no lo entendía. Era la primera expresión del cura que no entendía. Cuando el sacerdote repitió por cuarta vez, mecánicamente, la pregunta, Paco respondió que sí con la cabeza. En aquel momento, Mosén Millán alzó la mano, y dijo: *Ego te absolvo*[201] *in...* Al oír estas palabras dos hombres tomaron a Paco por los brazos y lo llevaron al muro donde estaban ya los otros. Paco gritó:

—¿Por qué matan a estos otros? Ellos no han hecho nada[202].

Uno de ellos vivía en una cueva, como aquel a quien un día llevaron la unción. Los faros del coche —del mismo coche donde estaba Mosén Millán— se encendieron, y la descarga sonó casi al mismo tiempo sin que nadie diera órdenes ni se escuchara voz alguna. Los otros dos campesinos cayeron, pero Paco, cubierto de sangre, corrió hacia el coche.

—Mosén Millán, usted me conoce —gritaba enloquecido.

Quiso entrar, no podía. Todo lo manchaba de sangre. Mosén Millán callaba, con los ojos cerrados y rezando. El centurión puso su revólver detrás de la oreja de Paco, y alguien dijo alarmado:

—No. ¡Ahí no!

Se llevaron a Paco arrastrando. Iba repitiendo en voz ronca:

—Pregunten a Mosén Millán; él me conoce.

---

[201]   *ego te absolvo:* yo te absuelvo en (nombre del Padre, del Hijo y del Espíritu Santo).
[202]   Reproduce otro pasaje del prendimiento de Jesús: «Ya os he dicho que yo soy; así que si me buscáis a mí, dejad marchar a éstos», *Juan,* 18, 8.

Se oyeron dos o tres tiros más. Luego siguió un silencio en el cual todavía susurraba Paco: «Él me denunció..., Mosén Millán, Mosén Millán...».

El sacerdote seguía en el coche, con los ojos muy abiertos, oyendo su nombre sin poder rezar. Alguien había vuelto a apagar las luces del coche.

—¿Ya? —preguntó el centurión.

Mosén Millán bajó y, auxiliado por el monaguillo, dio la extremaunción a los tres. Después un hombre le dio el reloj de Paco [203] —regalo de boda de su mujer— y un pañuelo de bolsillo.

Regresaron al pueblo. A través de la ventanilla, Mosén Millán miraba al cielo y, recordando la noche en que con el mismo Paco fue a dar la unción a las cuevas, envolvía el reloj en el pañuelo, y lo conservaba cuidadosamente con las dos manos juntas. Seguía sin poder rezar. Pasaron junto al carasol desierto. Las grandes rocas desnudas parecían juntar las cabezas y hablar [204]. Pensando Mosén Millán en los campesinos muertos, en las pobres mujeres del carasol, sentía una especie de desdén involuntario, que al mismo tiempo le hacía avergonzarse y sentirse culpable.

Cuando llegó a la abadía, Mosén Millán estuvo dos semanas sin salir sino para la misa. El pueblo entero estaba callado y sombrío, como una inmensa tumba. La Jerónima había vuelto a salir, e iba al carasol, ella sola, hablando para sí. En el carasol daba voces cuando creía que no podían oírla, y otras veces callaba y se ponía a contar en las rocas las huellas de las balas.

---

[203] Significa que el tiempo se ha terminado para Paco.
[204] Recuérdese lo que se comentó sobre este detalle en la Introducción.

Un año había pasado desde todo aquello, y parecía un siglo. La muerte de Paco estaba tan fresca, que Mosén Millán creía tener todavía manchas de sangre en sus vestidos. Abrió los ojos y preguntó al monaguillo:

—¿Dices que ya se ha marchado el potro?

—Sí, señor.

Y recitaba en su memoria, apoyándose en un pie y luego en el otro:

> ... y rindió el postrer suspiro
> al Señor de lo creado. —Amén.

En un cajón del armario de la sacristía estaba el reloj y el pañuelo de Paco. No se había atrevido Mosén Millán todavía a llevarlo a los padres y a la viuda del muerto.

Salió al presbiterio y comenzó la misa. En la iglesia no había nadie, con la excepción de don Valeriano, don Gumersindo y el señor Cástulo. Mientras recitaba Mosén Millán, *introibo ad altare Dei* [205], pensaba en Paco, y se decía: es verdad. Yo lo bauticé, yo le di la unción. Al menos —Dios lo perdone— nació, vivió y murió dentro de los ámbitos de la Santa Madre Iglesia. Creía oír su nombre en los labios del agonizante caído en tierra: «... Mosén Millán». Y pensaba aterrado y enternecido al mismo tiempo: Ahora yo digo en sufragio de su alma esta misa de *réquiem,* que sus enemigos quieren pagar.

---

[205] *Introibo ad altare Dei:* Entraré al altar de Dios, primeras palabras de la misa en latín.